100nen-meisaku

Hunny 100年《ねん》後《ご》も読《よ》まれる名作《めいさく》⑥

くまのプーさん

作／A・A・ミルン　編訳／柏葉幸子
絵／patty　監修／坪田信貴

JN242711

もくじ

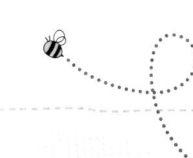

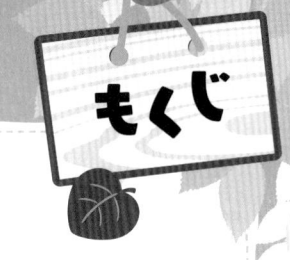

はじまりのお話《はなし》

ドスン、ドスン。

なんの音《おと》でしょう？

クリストファー・ロビンが、くまのぬいぐるみの前足《まえあし》をひきずって、かいだんをおりてくる音《おと》です。ぬいぐるみのあたまが、かいだんにぶつかっているのです。

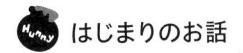

おいおい。ぬいぐるみとかいだんをおりるには、その方法《ほうほう》しかないのかな。私《わたし》にはちょっと、ぬいぐるみがかわいそうにみえます。

それでも、クリストファー・ロビンとぬいぐるみは、かいだんを下《した》までおりてきました。

みなさんにごしょうかいしましょう。これが私《わたし》のむすこの**クリストファー・ロビン**と、くまのぬいぐるみの**プーさん**です。クリストファー・ロビンがいうには、プーさんは、男《おとこ》の子《こ》なんだそうです。

プーさんはいつも、クリストファー・ロビンとゲームをしてあそんだり、だんろの前《まえ》でおとなしく私《わたし》のお話《はなし》をきいたりしています。

「パパ、今日《きょう》はお話《はなし》がいいな。くまのプーさんのお話《はなし》をして」

クリストファー・ロビンが私《わたし》にいいます。

「プーさんは、どんなお話《はなし》がすきかな?」

「自分《じぶん》のお話《はなし》がすきだよ。そういう、くまなんだ」

クリストファー・ロビンは、プーさんをみました。

プーさんも、うなずいたようでした。
「それでは、プーさんのお話《はなし》をしようか」
私《わたし》は、お話《はなし》をはじめました。

1 くまのプーさんとミツバチのお話《はなし》

むかしむかし、といっても先週《せんしゅう》の金曜日《きんようび》ぐらいですが、くまのプーさんは、森《もり》の中《なか》でたったひとりでくらしていました。

プーさんの家《いえ》には金色《きんいろ》の文字《もじ》で『**サンダース**』とかかれたかんばんがありましたが、プーさんにはなんのことかわかりませんでした。わからなくてもプーさんはかまいません。そんな、くまなのです。

ある日《ひ》、プーさんは森《もり》の中《なか》のあき地《ち》に一本《ぽん》だけたっている大《おお》きなカシの木《き》のねもとにすわって、前足《まえあし》でほおづえをついてかんがえていました。

木《き》のてっぺんからブンブンさわがしい音《おと》がきこえるのです。

「ブンブンいってるのは、なんの音《おと》かな？　ブンブン音《おと》がするのは、だれかがブンブン音《おと》をたてているからだよね。ブンブン音《おと》をたてるのは、ミツバチにきまってる。ミツバチがいるのは、**ハチミツをつくるためだ！**」

プーさんは、ぴょんとたちあがりました。

「ハチミツをつくってるなら、そのハチミツをぼくが食《た》べていいってことだよ」

プーさんは、木《き》にのぼりはじめました。ずんずんのぼっていきます。のぼりながら、ごきげんで鼻歌《はなうた》をうたいだしました。うたいながら、ずんずんのぼります。
『くまってほんとに、ミツがすき。
どうしてなんだろ、ミツがすき。
ブンブンブンブンブン　ミツがすき』
もうちょっとのぼって、またもうちょっと
のぼっているあいだに、歌《うた》がもう一つできました。
『くまがミツバチだったなら
ミツバチの巣《す》は木《き》の下《した》だ。
ハチミツだってとりほうだい。
木《き》のぼりしなくて、らくちんだ』
プーさんは、木《き》のぼりにつかれていました。それでもんくがいい

たくなって、もんくを歌《うた》にしたのです。

そうして、やっとてっぺんちかくまでのぼってきました。ミツバチの巣《す》はもうすぐです。いまにも手《て》がとどきそうです。

プーさんは、小《ちい》さな木《き》の枝《えだ》にたちました。そのとたん、

ボキッ!

木《き》の枝《えだ》はおれてしまったのです。

「**わあ! たすけて!**」

プーさんは、三メートル下《した》の枝《えだ》におっこちて、その枝《えだ》にはねかえされ、ボールみたいに六メートルはねあがります。そしてまたまっさかさまに、九メートル下《した》の枝《えだ》におちていきました。こんどもまた、さっきの枝《えだ》にはねかえされ、空中《くうちゅう》でくるくる三回《かい》まわると、そのままおっ

こちて、とうとうハリエニシダのしげみにすぽんととびこみました。

プーさんはしげみからはいずりでて、鼻《はな》にささったハリエニシダのとげをぬきながら、どうしたらいいかかんがえました。だってあの金《きん》いろにかがやくハチミツをとうていあきらめきれません。

頭《あたま》にぱっとうかんだのは、クリストファー・ロビンのことでした。

プーさんは、クリストファー・ロビンの家《いえ》へいくことにしました。


クリストファー・ロビンは、森《もり》のてっぺんにたつカシの木《き》の家《いえ》にすんでいます。

「おはよう、クリストファー・ロビン」

プーさんは、みどりいろのドアをノックしました。

「おはよう。プーさん」

クリストファー・ロビンがでてきました。

「あのね、ふうせん、もってない？」

プーさんがききました。

「ふうせん？　ふうせんをなににつかうの？」

クリストファー・ロビンは首《くび》をかしげました。

プーさんはきょろきょろあたりをみまわして、だれもいないことをたしかめると、前足《まえあし》を口《くち》にあてて、

「ハチミツだよ」

と、ささやきました。

「ハチミツは、ふうせんでとれないよ」

クリストファー・ロビンが、首《くび》をよこにふります。

「とれるの」

プーさんは、じしんまんまんでうなずきました。

クリストファー・ロビンは、ちょうどそのとき、ふうせんをもっていました。前《まえ》の日《ひ》に子《こ》ブタちゃんの家《いえ》のパーティーにいって、大《おお》きな青色《あおいろ》のふうせんをもらったのです。

「ふうせんで、どうやってハチミツをとるの？」

クリストファー・ロビンが、ききました。

プーさんは、前足《まえあし》で自分《じぶん》の顔《かお》をはさんで、よーくかんがえました。

「ふうせんをつかって、ミツバチの巣《す》へとんでいって、ハチミツをとるつもりなの。青《あお》いふうせんなら、青《あお》い空《そら》にみえるよ。ねっ。そ

うしたら、ミツバチに気《き》づかれないでしょう」

「ミツバチは、ふうせんにぶらさがっているプーさんに、気《き》がつくとおもうよ」

クリストファー・ロビンは、それはむりだと首《くび》をふります。

プーさんは、すこしかんがえていましたが、

「ぼくは、黒《くろ》い小《ちい》さな雲《くも》のふりをしようかな。そうすればミツバチをだませるよ」

とにこりとしました。

二人《ふたり》は、青《あお》いふうせんをもってでかけました。クリストファー・ロビンは、いつものように、てっぽうをもっています。きけんなこ

とがおきたときのためです。

プーさんは、どろのたまっているところで、ごろごろころがって、体《からだ》じゅうをまっ黒《くろ》にしました。クリストファー・ロビンは、ふうせんをできるだけ大《おお》きくふくらませています。

ふうせんが大《おお》きくふくらむと、二人《ふたり》はそのひもをいっしょにもちました。それから、せーので、クリストファー・ロビンだけがひもから手《て》をはなすと、プーさんは、ふうせんにぶらさがってゆっくりと空《そら》へあがっていきます。そうして、とうとうふうせんは木《き》のてっぺんのあたりまでとんでいったのです。

「**やったあ！**」

クリストファー・ロビンは、さけびました。

「すごくない？　ぼくどんなふうにみえる？」

プーさんもじまんげにさけびかえしました。

「ふうせんにぶらさがっている、くまにみえるよ」

「ええ！　青空《あおぞら》にうかんだ小《ちい》さな黒《くろ》い雲《くも》にみえない？」

プーさんは心配《しんぱい》そうにたずねました。


「あまりみえない」

「そうなの。でも、ミツバチがどうかんがえるかはわかんないよね」

プーさんは、そのままふうせんにぶらさがっていました。けれど、ちっとも風《かぜ》がふかないので、いくらまってもミツバチの巣《す》のある木《き》にはとどきません。ハチミツはすぐそこにみえますし、においもします。でも、前足《まえあし》はぜんぜんとどかないのです。

「クリストファー・ロビン」

プーさんが小《ちい》さな声《こえ》でいいました。

「ミツバチがぼくをあやしんでいるみたい」

「プーさんがハチミツをねらってるって、ばれちゃったの？」

「そうかもね。ミツバチのかんがえることなんてわかんないけど」

二人《ふたり》とも、ミツバチを気《き》にしてしばらくだまっていましたが、

「クリストファー・ロビン。きみのお家《うち》にかさ、ある？」

プーさんが、また小《ちい》さな声《こえ》でいいました。

「あるよ」

「かさをさして歩《ある》いてよ。ときどきぼくのほうをみあげて『ちぇっ、ちぇっ、雨《あめ》になりそうだな』っていってみて。そうすれば、ミツバチも、ぼくを小《ちい》さな黒《くろ》い雲《くも》だって思《おも》うんじゃないかな」

クリストファー・ロビンは、おばかなくまちゃんだなって、心《こころ》の中《なか》でわらってしまいました。でも、プーさんのことが大好《だいす》きなので、口《くち》にだしたりしないで、かさをとりに家《いえ》へかえりました。

クリストファー・ロビンが、かさをもってもどってくると、

「あー、やっときた。心配《しんぱい》になったところだったんだ。ミツバチは、ぜったい、ぼくをあやしんでるよ」

プーさんがいそいでいいました。

「かさをさそうか？」

クリストファー・ロビンが、上《うえ》をみあげました。

「うん。おねがい。『ちぇっ、ちぇっ、雨《あめ》になりそうだな』っていって。ぼくは、ミツバチをだますため、ちっちゃな雲《くも》の歌《うた》をうたうから。さぁ、はじめ！」

かさをさしたクリストファー・ロビンが、雨《あめ》になりそうだなとつぶやくと、プーさんは、うたいだしました。

『雲《くも》になるって、すてきだよ。

青《あお》いお空《そら》でふわふわり。

雲《くも》はとってもうれしいんだ。

ちっちゃい雲《くも》は、うたうんだ』

ミツバチは、そんなプーさんをあやしんで、巣《す》のまわりでブンブン音《おと》をたてています。

それでもまだプーさんがうたっていると、なんびきか、巣《す》からとびだしてきました。そのうち、一ぴきがプーさんの鼻《はな》にとまりました。プーといきをはいても、ミツバチはうごきません。

どうしよう！

プーさんがあわてていると、ミツバチは鼻《はな》からとびさりながら、チクッとさしました。

「クリストファー・**いたっ！**・ロビン！」

ミツバチにさされたプーさんが、鼻《はな》をおさえてさけびました。

「どうしたの？」

「このハチは、ちがうハチだったみたい。だからハチミツもちがうハチミツだよ。ぼく、下《した》へおりる」

クリストファー・ロビンは、いつもと同《おな》じハチだけどとおもいながら、

「どうやって？」

と、プーさんにききました。

プーさんは、おりかたまでかんがえていませんでした。手《て》をはなせば、どすんと地面《じめん》におっこちます。それはきっととんでもなくいたいでしょう。

ながいことかんがえこんでいたプーさんは、

「クリストファー・ロビン。てっぽうでふうせんをうって」

とたのみました。

「そんなことしたら、ふうせんがわれちゃうよ」

「でも、そうしないと、ぼくがふうせんをはなさなきゃいけなくなるよ。そうしたらぼく、こわれちゃうもの」

プーさんのいうとおりです。

クリストファー・ロビンは、ふうせんをねらって、たまをうちました。

「**あ、いた！**」

プーさんが、さけびました。

「ごめん。はずれちゃった？」

「はずれてないけど、ふうせんにはあたらなかったよ」

てっぽうのたまは、プーさんのおしりにあたったみたいです。

クリストファー・ロビンは、もういちどうちました。

こんどは、うまくふうせんにたまがあたりました。ふうせんからシューと空気《くうき》がもれて、プーさんはふわふわと地上《ちじょう》におりてきました。

でも、あまりながいことふうせんをつかんでいたので、プーさんの両手《りょうて》は、それから一週間《しゅうかん》もばんざいしたままだったそうです。

2 プーさんが穴《あな》につまったお話《はなし》

ある日《ひ》、プーさんは朝《あさ》ごはんを食《た》べて、やせるたいそうをしたあと、さんぽへいくことにしました。

外《そと》にはきもちのいい風《かぜ》がふいています。鼻歌《はなうた》をうたいながら森《もり》の中《なか》を歩《ある》いていると、土手《どて》にでました。土手《どて》には大《おお》きな穴《あな》がありました。

「あ、この穴《あな》は**ウサギさん**の穴《あな》だ」

プーさんはうなずきました。

「ウサギさんとはなかよしだよ。なかよしだもの、ぼくになにかごちそうしてくれるはずだ」

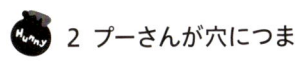

やせるたいそうもしたせいか、プーさんはすこしおなかがすいています。プーさんは、体《からだ》をかがめて頭《あたま》を穴《あな》へつっこんでみました。

「だれかいますか？」

すると、穴《あな》の中《なか》でがさごそとあわてるような音《おと》がしましたが、すぐしーんとしずかになってしまいます。

「ぼく、いま『だれかいますか？』っていったよ」

プーさんは、さっきより大《おお》きな声《こえ》でいいました。

「いません」

と、だれかの声《こえ》がしました。その声《こえ》はつづけていいました。

「そんなに大声《おおごえ》をださなくっても、さいしょの声《こえ》だってきこえたのに」

プーさんは首《くび》をかしげました。

「へんだな？　だれもいないのかな？」

「いませんよ」

と、また声《こえ》がしました。

プーさんは穴《あな》から頭《あたま》をぬいてかんがえました。

「でも、だれかいるんだよ。だって『いません』って声《こえ》がしたよ。だれかがそういったんだ」

プーさんはまた、穴《あな》に頭《あたま》をつっこみました。

「ウサギさん。いるんでしょ」

「いないよ」

ぜったいウサギさんの声《こえ》にきこえます。

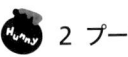

「でも、ウサギさんの声《こえ》だよ」

「いいえ。ちがいます」

「えー！」

プーさんは、また穴《あな》から頭《あたま》をぬいてかんがえました。

「穴《あな》の中《なか》に、だれかいる。でもウサギさんじゃないっていってる。それじゃ、ウサギさんはどこにいるんだろ？」

プーさんは、また穴《あな》に頭《あたま》をつっこみました。

「すみませんが、ウサギさんがどこにいるかおしえてくれませんか？」

「なかよしのくまのプーさんに会《あ》いにいきましたよ」

声《こえ》はそうこたえました。

「えー、ぼく、ここにいるんだけど」

プーさんが、おどろいてそういうと、

「えー、ぼくってだれ？」

と声《こえ》もおどろいています。

「プーさんだよ」

「えー、ほんとに。それじゃ、はいってよ」

ウサギさんがやっとそういいました。

プーさんは、ぎゅうぎゅう穴《あな》に体《からだ》を
おしこみました。ようやく中《なか》へはいると、
「ほんとだ。ほんとにプーさんだ！」
と、ウサギさんがプーさんにだきついてきました。

「だれだとおもったの？」

「わからなかったんだ。森《もり》はきけんなところだって知《し》ってるだろ。だれでも家《いえ》にいれるわけにいかないもの。なにか食《た》べる？」

ウサギさんが、おさらやカップをだすのをみて、プーさんはうれしくなりました。プーさんは午前《ごぜん》十一時《じ》になにかを食《た》べるのが大好《だいす》きなのです。

「パンにつけるのは、ハチミツかコンデンスミルクか、どっちがいい？」

ウサギさんにきかれて、プーさんはおもわず、

「**どっちも！**」

とこたえてしまいました。

そして、どっちもじゃ、くいしんぼみたいだなってておもって、
「パンのほうは、お気《き》づかいなく」
とつけたしました。
しばらく、プーさんは、もくもくと食《た》べました。
ようやく食《た》べおわると、たちあがってべたつく手《て》で、ウサギさん
にあくしゅしました。
「もうかえるの？」
ウサギさんが、れいぎただしくききました。
「えっと、もう少《すこ》しいてもいいよ。もし、きみが、もっとごちそう
してくれるなら――」
プーさんは、食《た》べ物《もの》がおいてあるとだなを、ちらりとみました。

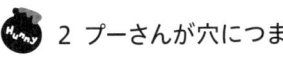

「もう、なにもないよ。それに、ぼくもさんぽへ出《で》かけるつもりなんだ」

と、ウサギさんがくびをふりました。

「あ、そうか。だったら、ぼく、かえるね。さよなら」

プーさんはしょんぼりとあいさつしました。

プーさんは、はいってきた穴《あな》に頭《あたま》をつっこみました。前足《まえあし》で穴《あな》のふちをつかんでうしろ足《あし》でふんばります。鼻《はな》が外《そと》へ出《で》ました。耳《みみ》もでました。肩《かた》も出《で》ました。でも、出《で》たのはそこまでです。

「ちょっと、あともどりしたほうがいいかな」

穴《あな》の中《なか》へもどろうとしましたが、うごけません。

「あれっ、どうしよう？　こまった。たすけてよ！」

プーさんはさけびました。

さんぽにでかけるウサギさんは、げんかんをプーさんがふさいでいたので、うら口《ぐち》から外《そと》へでました。そしてぐるりとまわってプーさんの前《まえ》までやってきました。

「あれ、プーさん、つまっちゃった？」

「ち、ちがうよ。ちょっと休《やす》んでるだけだよ」

プーさんは、ぶんぶん首《くび》をふってつよがりをいいました。

「つまってるよ。ほら、ひっぱってあげる」

ウサギさんは、プーさんの前足《まえあし》をうんしょうんしょとひっぱります。

「**あいたたた！**」

プーさんはひめいをあげましたが、それでも穴《あな》からぬけられません。

「それもこれも、この穴《あな》がせますぎるんだよ」

プーさんが、ふまんげに鼻《はな》をならしました。

「それもこれも、プーさんが食《た》べすぎるからだろ。クリストファー・ロビンをよんでくるよ」

ウサギさんは、プーさんをにらみました。

森《もり》の中《なか》でこまったことがあると、プーさんたちはいつもクリストファー・ロビンに相談《そうだん》するのです。

ウサギさんによばれてクリストファー・ロビンがやってきました。

プーさんの体《からだ》が半分《はんぶん》だけ穴《あな》からのぞいているのをみて、

「おばかなくまちゃんだな」

といいました。まるで、ほんとにかわいいくまちゃんだ、とおもっているくちょうでした。それをきいて、プーさんもウサギさんも、なんとかなるかもしれないとおもったのです。

「できることは、きみがやせるのをまつだけだね」

クリストファー・ロビンがプーさんをみました。

「やせるまでって、どれぐらいかな？」

プーさんのまゆがしんぱいそうによりました。

「一週間《しゅうかん》かな」

「一週間《しゅうかん》も、ここにいるの！」

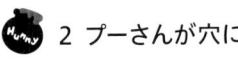

「しょうがないよね、おばかなくまちゃん。ここから出《で》たいなら、がまんしなきゃいけないよ」

と、クリストファー・ロビンは、なぐさめました。

「本《ほん》を読《よ》んであげるよ。それに、きみの体《からだ》がぼくの家《いえ》の中《なか》で、だいぶ場《ば》所《しょ》をとってるから、きみのうしろ足《あし》を、タオルかけにつかっていいかな？　すごくべんりだとおもうんだ」

いい考《かん》えだろうとでもいうように、ウサギさんはにこりとうなずきました。

「一週間《しゅうかん》も――。ごはんはどうするの？」

プーさんはいちばん心配《しんぱい》なことをききました。

「ごはんはぬきだね。そのほうがすぐやせるよ。でも、ぼくも本《ほん》を読《よ》んであげる」

クリストファー・ロビンが気《き》のどくそうにいいます。

プーさんの目《め》から、なみだがぽろりとおちました。

「それじゃ、せまい穴《あな》の中《なか》でみうごきがとれなくなったくまを、ゆうきづけるような、元気《げんき》がでる本《ほん》を読《よ》んでくれる？」

プーさんはたのみました。

それから毎日《まいにち》、クリストファー・ロビンは、ウサギさんの家《いえ》のげんかんにすわって、プーさんのために元気《げんき》のでる本《ほん》を読《よ》んであげました。ウサギさんも、家《いえ》の中《なか》でプーさんの足《あし》をタオルかけにつかってあげました。

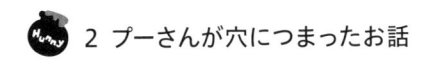

ようやくプーさんが、やせてきたような気《き》がしたころには、もう一週間《しゅうかん》がすぎていました。

「さあ、やるぞ！」

クリストファー・ロビンは、プーさんをたすけにあつまったみんなに声《こえ》をかけました。

まずクリストファー・ロビンがプーさんの前足《まえあし》をしっかりもちました。それからウサギさんがクリストファー・ロビンのこしにしがみつき、そのウサギさんをウサギさんの友《とも》だちやしんせきたちがならんで、前《まえ》にたつだれかしらの体《からだ》のどこかをつかみました。

「いっせいのせ！」

クリストファー・ロビンがかけ声《ごえ》をかけて、力《ちから》をあわせてみんなでひっぱります。

「いたた、いたいよ！」

プーさんはひめいをあげていましたが、それでもみんなは、「よいせこらせ」とおかまいなしにひっぱりつづけます。

やがて、とうとうプーさんが、

「**ポン！**」

とさけびました。まるでびんの口《くち》からコルクせんがぬけるときみたいな音《おと》でした。

そのとき、クリストファー・ロビンと、ウサギさんの友《とも》だちやしんせきが、いっせいにうしろにひっくりかえりました。

そして、その上《うえ》にプーさんが、どかりとのっかりました。とうとう穴《あな》からぬけだせたのです。

プーさんは、みんなにお礼《れい》をいうと、穴《あな》につまっていたことなんてなかったみたいに、さあ、さんぽのつづきをするぞっと鼻歌《はなうた》をうたいながら森《もり》を歩《ある》いていきました。

クリストファー・ロビンはそんなプーさんをみてつぶやきました。

「おばかなくまちゃん！」

クリストファー・ロビンは、プーさんが大好《だいす》きなのです。

3 イーヨーのしっぽをプーさんがみつけたお話《はなし》

年《とし》よりの灰色《はいいろ》のロバの**イーヨー**が、森《もり》のかたすみにはえているアザミのそばで、考《かんが》えごとをしています。前足《まえあし》を大《おお》きくひろげ首《くび》をかしげて、

「なぜじゃ？」

「いったいどうして？」

「なにがあったんじゃ？」

と、かなしげにかんがえているのです。おまけに、なににについてかんがえていたのかさえわからなくなったりもしていました。

だから、パタンパタンと足音《あしおと》をたててプーさんがやってきたとき、やっとかんがえることをやめられると、イーヨーはちょっぴりうれしくなったのでした。

「プーさん、元気《げんき》かな？」

イーヨーは、いつものくらい声《こえ》でたずねました。

「元気《げんき》だよ。イーヨーは、元気《げんき》なの？」

プーさんは、いつものあかるい声《こえ》でこたえます。

「それがなぁ、あんまり元気《げんき》じゃないんだよ」

「それはお気《き》のどく。どこがわるいのか、ぼくがみてあげるよ」

イーヨーは、かなしそうに足《あし》もとをみつめています。プーさんは、イーヨーのまわりをぐるっとみてまわりました。

「あれっ、しっぽ、どうしたの？

イーヨーのしっぽがないよ！」

プーさんが、おどろいてさけびました。

「わしのしっぽがない？」

「うん。しっぽがないよ！」

「なら、しっぽのかわりに、なにがあるんじゃ？」

「なんにもないよ！」

「どれ、みてみよう」

イーヨーは、しっぽがあるほうに首《くび》をむけて、そのままぐるっとまわってみました。体《からだ》をはんたいにむけただけでした。それで、今度《こんど》はぎゃくにまわってみましたが、もとのむきにもどっただけでした。

そこで、頭《あたま》をさげて前足《まえあし》のあいだからうしろをみてみました。たしかに、しっぽはみえませんでした。

「なんにもない！　プーさんのいうとおりじゃ。だれかにぬすまれたんじゃ」

イーヨーはがっくりとうなだれました。

プーさんは、イーヨーを元気《げんき》づけることをいってやりたかったのですが、なにもおもいつきません。かわりに、役《やく》にたつことをしようと決心《けっしん》しました。

「イーヨー。ぼくが、しっぽをみつけてあげる」

プーさんは、むねをはってまじめにいいました。

「ありがとう、プーさん。きみはほんとうの友《とも》だちじゃ」

イーヨーは、くらい声《こえ》でこたえました。くらい声《こえ》でも、ほんとうにかんしゃしていたのです。

こうしてプーさんは、イーヨーのしっぽをさがしにでかけることになりました。

プーさんが出発《しゅっぱつ》したのは、よく晴《は》れた春《はる》の朝《あさ》でした。

しげみやぞうき林《ばやし》をとおりぬけ、ずんずん歩《ある》いて、坂《さか》をのぼり、小川《おがわ》をよこぎり、岩《いわ》でできた坂《さか》をのぼり、原《はら》っぱに出《で》て、おなかがすいたころ、やっとうっそうと木《き》のはえている〝どこまで森《もり》〟にたどりつきました。どこまで森《もり》にくらすフクロウさんに、イーヨーのしっぽのありかをきこうとおもいついたのです。

「だれがものしりかっていったら、フクロウさんだよ。それは、ぼくがプーさんだっていうぐらい、まちがいのないことだよ。そして、ぼくはプーさんなんだから、ぜったいまちがいないってことだ」

プーさんは、おおきくうなずくと、フクロウさんの家《いえ》にむかいました。

フクロウさんは、大《おお》きな古《ふる》めかしいクリの木《き》にすんでいました。その家《いえ》は、とてもりっぱにみえます。だって、ドアノッカーと、ドアベルをならすひもの、りょうほうががげんかんについていたのです。

ドアノッカーの下《した》に、

『ごようあるひと　ひぱてくたさい』

ドアベルのひもの下《した》に、

『ごよないひと　たたいてくささい』

と、注意《ちゅうい》がきがかいてあります。

どちらも、森《もり》でたったひとり、ただしくことばをかけるクリストファー・ロビンがかいたものです。

もちろんフクロウさんだって、読《よ》み書《か》きができますし、自分《じぶん》の名前《なまえ》を『フクロロ』とかくこともできます。でも、『感染症《かんせんしょう》』だとか『バター・トースト』とかいうむずかしいことばは、かきかたがわからなくなってしまうのです。

プーさんは、注意《ちゅうい》がきをゆっくり何度《なんど》もよみました。そして、ねんのため、ドアノッカーでドアをノックして、ドアノッカーをひっぱり、そのうえベルひもをひっぱって、ベルひもでノックしました。

「フクロウさん。こんにちは。ごようがあります。プーです」

と、大《おお》きな声《こえ》であいさつしました。

するとドアがあいてフクロウさんが顔《かお》をだしました。

「おお。プー。どうしたね?」

「とても、かなしいことがおきました。ぼくの友《とも》だちのイーヨーのしっぽがみつからないんです。イーヨーは元気《げんき》がなくなっちゃって、かわいそうなんです。どこへさがしにいったらいいかおしえてください」

プーさんがたのみました。

「おお。いいとも。そんなときの『**慣習手続《かんしゅうてつづ》き**』についておしえてあげよう」

と、フクロウさんは、えらそうにそっくりかえりました。

「『**カシューナッツとつげき**』ってなんですか？　ぼく、頭《あたま》のよくないくまなんで、長《なが》いことばはよくわからないんです」

プーさんは首《くび》をかしげました。

「こんなとき、なにをすればいいかってことだな」

「ああ。そういうことですか。わかります」

プーさんは、まじめにうなずきました。

「まず、**報奨**《ほうしょう》を出《だ》すと**急報**《きゅうほう》するんだな」

「ああ、またわからなくなった。なにをする

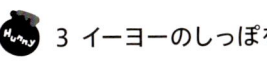

んですか？　フクロウさんみたいに、なけばいいんですか？」

プーさんは、前足《まえあし》をあげてフクロウさんをとめました。

「どうしてわしみたいに、なくんじゃ？」

フクロウさんのほうが首《くび》をかしげました。

「だって、**ほう、ほう**って、フクロウさんがいったから」

「いいや、プーさん。イーヨーのしっぽをみつけてくれたら、すてきな賞品《しょうひん》をだすとおしらせするんだ」

「ああ。わかりました」

くいしんぼのプーさんの顔《かお》がうっとりとなりました。すばらしいものならわかります。

「ぼくはおひる前《まえ》に、ちょっとなにかを食《た》べるのが大好《だいす》きなんです」

プーさんの目《め》は、フクロウさんが食《た》べものをおいていると、だなへすいよせられます。

「とくにコンデンスミルクかハチミツを、ほんのひとなめするのが大好《だいす》きです」

プーさんがそういうのに、フクロウさんはまったくきいてくれません。

「報奨《ほうしょう》を与《あた》えると紙《かみ》にかいて、森《もり》じゅうに布告《ふこく》するのがよかろう」

なんて、むずかしいことばをつかって話《はな》しつづけるのです。

「ハチミツもだめですか？　それなら、まあ、しょうがありません」

プーさんは、がっかりしてためいきをついて、フクロウさんの話《はなし》をいっしょうけんめいにきこうとしました。

「おしらせはクリストファー・ロビンにかいてもらうとしよう。わがやのげんかんの注意《ちゅうい》がきも、かれがかいたんだ。みたかね？」

フクロウさんがききました。

プーさんは、そのころはもう目《め》をとじて『はい』と『いいえ』をてきとうにくりかえしていました。だって、むずかしいことばかりで、よくわからなかったのです。

それで、こんどフクロウさんがきいたときは『いいえ』とこたえるばんでした。

「いいえ。ぜんぜん」

プーさんは首《くび》をふりました。

「なんだ。みなかったのかね。だったら今《いま》みにいこう」

フクロウさんはおどろいて、プーさんとげんかんにでてみました。

プーさんは、ベルひもと注意《ちゅうい》がきをながめ、ドアノッカーと注意《ちゅうい》がきをながめました。

「あれっ」

プーさんは、もう一度《いちど》ベルひもをみました。

このベルひもにたなにかを、どこかでみたような気《き》がします。

「りっぱなベルひもだろう」

フクロウさんがじまんげにむねをはりました。

「これ、なにかににてるんです。でも、なんなのかおもいだせません。このベルひもはどこで買《か》ったんですか？」

「森《もり》の中《なか》でみつけたんだよ。しげみにぶらさがっておってな、だれかがすんでいるのかと、ひもをひっぱってみたんだが、ベルはならずに、そのまますするりとおちてきおった。だれもほしがらないようなので、わしの家《いえ》へもってきたんだ」

フクロウさんがおしえてくれました。

「フクロウさん、それはちがいます。これをほしがっているひとがいます」

プーさんが、まじめな顔《かお》で首《くび》をふりました。プーさんは、やっとこれをどこでみたのかおもいだしたのです。

「ぼくの友《とも》だちのイーヨーです。これ、イーヨーのしっぽです」

プーさんは、イーヨーのおしりからとれてしまったしっぽを、かなしいきもちでみつめました。

ベルひもをフクロウさんのげんかんからはずしてもらったプーさんは、イーヨーのところへもっていきました。

クリストファー・ロビンが、くぎをうってイーヨーのしっぽがあったもとのところにつけてやりました。

イーヨーはよろこんでしっぽをふりながら、森《もり》の中《なか》をとびはねました。とびはねるなんて、イーヨーにはめずらしいことでした。

はんたいに、プーさんは、おなかがへってすっかり元気《げんき》がなくなってしまいました。
だから、プーさんは、いそいで家《いえ》へかえって、
ハチミツをなめることにしたのです。
そして、べたべたする口《くち》をぬぐいながら
歌《うた》をうたいました。
『だれがしっぽをみつけたの？
ぼくだよって、くまのプー。
二時《じ》十五分前《ふんまえ》のこと。
（ほんとは、十一時《じ》十五分前《ふんまえ》だったんですが）
ぼくがしっぽをみつけたよ』

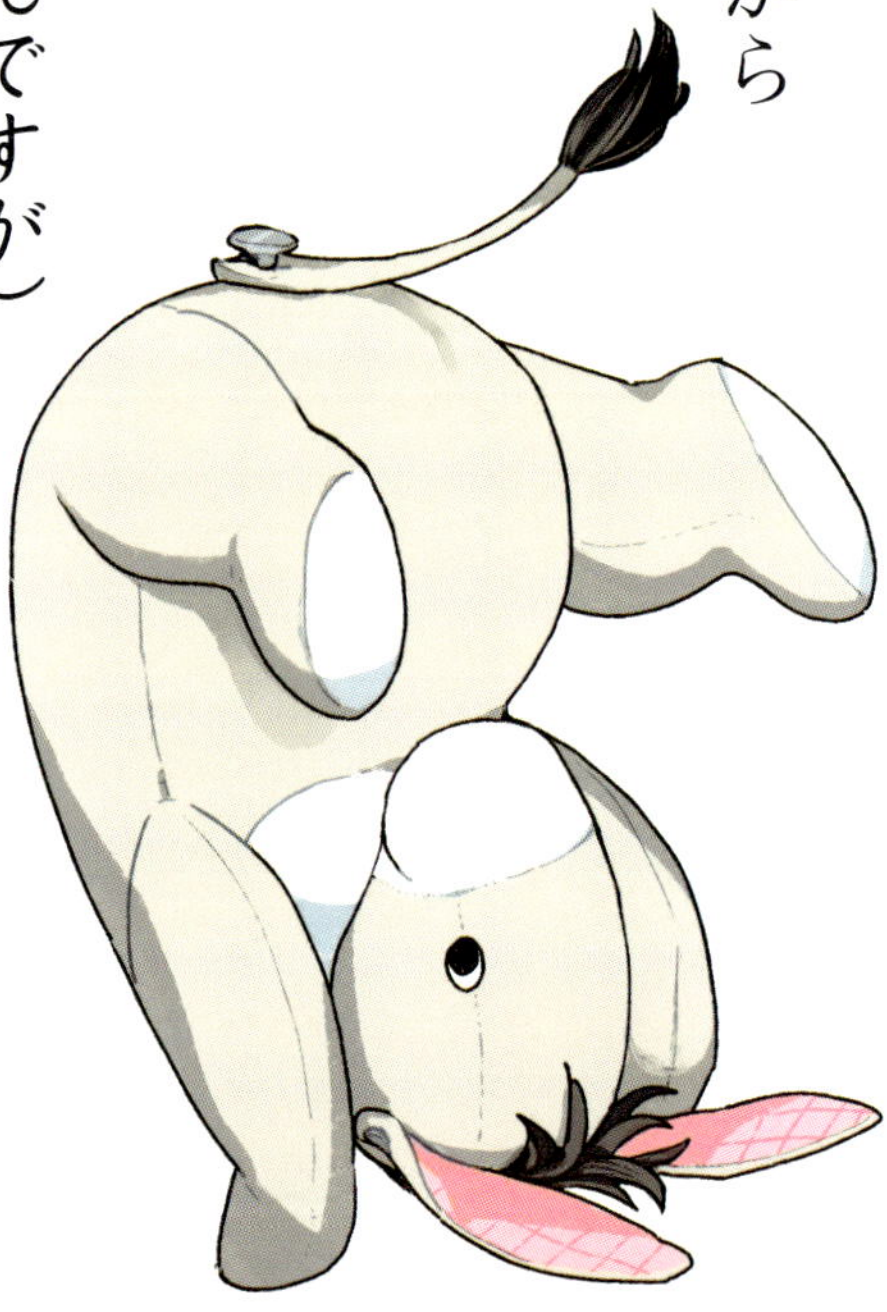

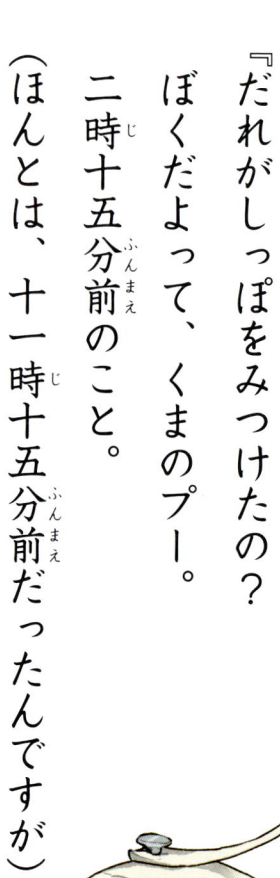

4 子《こ》ブタちゃんがゾオンに会《あ》ったお話《はなし》

ある日《ひ》、クリストファー・ロビンと
プーさんと**子《こ》ブタちゃん**が、お日《ひ》さまの
さす砂場《すなば》で、おしゃべりをしていました。
「ぼく、今日《きょう》、**ゾオン**をみたんだよ」
クリストファー・ロビンが、
とくべつなことじゃないけどね
っていうくちょうでいいました。
「ゾオン、なにしてたの？」

子《こ》ブタちゃんがききました。

「ズシン、ズシンって歩《ある》いてた」

「ぼくもみたことある。いちどは、みたことあるとおもう。ゾオンじゃなかったかもしれないけど」

子《こ》ブタちゃんは、ちょっとじしんなさげにうなずきました。

「ぼくもある」

プーさんもうなずきましたが、ゾオンって、どんなやつだろう？ってかんがえていました。プーさんは、ゾオンをみたことがないのです。

「ゾオンって、かんたんにみられないんだよ」

クリストファー・ロビンはまた、ぼくはみたことあるけどねって、くちょうでいいました。

「いまはね」

子《こ》ブタちゃんも、しってるよってうなずきました。

「いまのきせつじゃないよね」

プーさんも、しってるみたいにうなずきました。

それから、べつの話《はなし》になって、みんな家《いえ》へかえる時間《じかん》になりました。

プーさんと子《こ》ブタちゃんは、どこまで森《もり》をとことこ歩《ある》いていました。

プーさんは、あたりをみまわして、だれもいないのをたしかめると、子《こ》ブタちゃんにささやきました。

「ぼく、ゾオンをつかまえるってきめたよ」

そして、子《こ》ブタちゃんが『それはむりだよ』と、いってくれるのをまちました。プーさんは、いってみただけだったのです。

でも、いくらまってても子《こ》ブタちゃんは、なにもいいません。だって、子《こ》ブタちゃんは、じぶんがさきにゾオンをつかまえることをおもいつけばよかったとかんがえていたのです。

やっとプーさんは、

「ずるがしこいわなをかけるんだ。てつだってね、子《こ》ブタちゃん」

と、たのみました。

子《こ》ブタちゃんは、じぶんもゾオンをつかまえるんだとおもうと、うれしくなってきました。

「てつだうよ、プーさん。どういうわなをしかけるの？」

そうして、ふたりは、いっしょにすわってかんがえはじめました。

でも、いつまでたってもずるがしこいわなは、なかなかおもいつきません。それで、とうとうプーさんが子《こ》ブタちゃんにききました。

「もしも、子《こ》ブタちゃんが、ぼくをつかまえるとしたら、どんなわなをしかけるの？」

子《こ》ブタちゃんは、それならかんたんだと、すぐこたえました。

「おとし穴《あな》をほって、中《なか》にハチミツのつぼをおいておくよ。プーさんはにおいをかぎつけて、つぼをとろうとして――」

「うんうん。ぼくは、穴《あな》にはいるよ。つぼを手《て》にいれて、まず、つぼのふちをなめると、もうはいってないやって顔《かお》をするんだ。つぼからはなれたあと、またもどってきて、つぼの中《なか》をなめるよ」

プーさんは、うっとりとして金《きん》いろにかがやくハチミツのことをかんがえだしました。

「だからね、プーさんをわなにかけるなら、そうするよ。でもいまは、ゾオンは、なにがすきかってかんがえるべきじゃない？　ゾオンはドングリがすきじゃないかな？　ねえ、プーさん、きいてる?!」

と、子《こ》ブタちゃんにいわれて、ようやくプーさんはたのしいハチミツの夢《ゆめ》からさめました。それでも、

「ハチミツのほうが、ゾオンをだましやすいよ」

といいはります。

子《こ》ブタちゃんも、ハチミツじゃないとまたいおうとしました。でも、おとし穴《あな》にドングリをおくなら、じぶんがドングリをさがさなければいけないことに気《き》がつきました。ハチミツなら、プーさんがもってくればいいのです。

「わかった。ハチミツだね」

子《こ》ブタちゃんが、すぐさまうなずきました。

そのとき、プーさんも同《おな》じことに気《き》がついていました。ほんとは、『わかった。ドングリだね』っていおうとしていたのに、まにあわなかったのです。

「ぼくが穴《あな》をほるから、プーさんは、ハチミツをもってきてね」

子《こ》ブタちゃんは、きまり！といいました。

「うん。わかった」

しょうがないので、プーさんはパタパタ歩《ある》きだしました。

家《いえ》へもどったプーさんは、たなから大《おお》きなつぼをおろしました。

つぼには『ハツミツ』とかいてあります。プーさんは紙《かみ》のふたをはがして中《なか》をのぞきこみました。

「ハチミツみたいだけど、わからないよね。おじいさんが、ハチミツとチーズは、おなじ色《いろ》をしてるっていってたもの」

プーさんは、ためしにたっぷりなめてみました。

「うん。ハチミツだ。でも、だれかがいたずら

して、つぼのそこにチーズをいれたかもしれないよね」

プーさんは、またたっぷりなめてみました。

「もうちょっとなめてみようかな。ゾオンはチーズがきらいかもしれないし。──うん、だいじょうぶ。つぼのそこまでハチミツだ」

たしかにハチミツだったので、プーさんはつぼをかかえて子《こ》ブタちゃんのところまでもどりました。

「もってきた？」

子《こ》ブタちゃんは、ふかい穴《あな》のそこからプーさんをみあげました。

「もちろんさ。でも、つぼ、いっぱいってわけじゃないんだ」

プーさんが、つぼを子《こ》ブタちゃんにほうりました。つぼをうけとった子《こ》ブタちゃんは、中《なか》をみていいました。

「これしかのこってないの？」

「うん」

プーさんは、うなずきました。

しかたがないので、子《こ》ブタちゃんは、穴《あな》のそこにそのつぼをおいて、穴《あな》をよじのぼってもどってきました。

「じゃ、おやすみプーさん。明日《あした》の朝《あさ》六時《じ》にここで会《あ》おう。なんびきのゾオンがわなにかかっているか、たのしみだね」

「六時《じ》だね。おやすみ」

プーさんもそういって家《いえ》へかえりました。

その夜《よる》があけようとするころ、プーさんは、しずんだきもちで目《め》をさましました。こんなしずんだきもちになったことは前《まえ》にもありました。どうしてそんなきもちになるのかもわかっています。おなかがすいたのです。

ベッドからおきたプーさんは、とだなへ前足《まえあし》をのばしました。なにもありません。

『ぼくのハチミツ、どこいった？
おいしいハチミツ、つぼいっぱい。
「ハツミツ」ってかいたのに。
いったいどこへいったんだ？』

プーさんは歌《うた》うように三回《かい》そうつぶやいて、はっとおもいだしま

した。ゾオンをつかまえるために穴《あな》へつぼをおいてきたことをです。
しかたがないのでプーさんはベッドへもどりました。
でも、ねむれません。ねむるためにヒツジをかぞえてみました。それでも、ねむれません。ためしにゾオンをかぞえてみます。ますますねむれません。
だって、プーさんのかぞえたゾオンは、みんなまっしぐらにつぼへむかっていって、ハチミツをぜんぶ食《た》べてしまうので

す。五百八十七ひきめのゾオンが、ぺろぺろ舌《した》なめずりをしながら、

「こーんなおいしいハチミツは食《た》べたことがない」

といったところで、プーさんはガバリとベッドからおきあがりました。そして家《いえ》をとびだし、ゾオンのおとし穴《あな》まで走《はし》っていきました。

どこまで森《もり》は、まだうすぐらいままでしたが、穴《あな》のそこにハチミツがあることはプーさんの鼻《はな》がおしえてくれました。

プーさんは穴《あな》にはいって、つぼに鼻《はな》をつっこみました。

「なんてこった。ゾオンがハチミツを食《た》べちゃってる！」

そこでプーさんは、すこしかんがえて気《き》がつきました。

「ちがう。ぼくが食《た》べちゃったんだ」

でも、つぼのそこにほんのちょっぴりハチミツがのこっています。プーさんは、つぼに頭《あたま》をつっこんでのこりのハチミツをなめだしました。

それからすこしたったころ、子《こ》ブタちゃんも目《め》をさましました。子《こ》ブタちゃんの頭《あたま》の中《なか》はゾオンのことでいっぱいです。

ゾオンってどんなやつなんだろう？

こわいやつかな？

ブタはすきかな？

ブタもくまもきらいだったら、どうしたらいい？

ゾオンをみにいくのがこわくてたまりません。今日《きょう》は頭《あたま》がいたいことにして、家《いえ》にとじこもっていたほうがいいような気《き》もします。

でも、もし、わなにゾオンがかかっていなかったら、家《いえ》にずっととじこもっているのはつまりません。今日《きょう》はいい天気《てんき》になりそうです。

子《こ》ブタちゃんは、いまのうちにおとし穴《あな》をのぞきにいって、ゾオンがわなにかかっているかどうか、たしかめればいいことに気《き》がつきました。ゾオンがいたら、家《いえ》へにげかえってベッドにもぐっていればいいし、ゾオンがいなければ外《そと》であそべるのです。

子《こ》ブタちゃんはまだうすぐらい森《もり》の中《なか》を、おとし穴《あな》まででかけました。

ゾオンはいるかな？　いないかな？

ぜったい、いる！

子《こ》ブタちゃんはそうおもいました。だって、穴《あな》のほうから、なにかが**ゾオン**、**ゾオン**ってうごく音《おと》がきこえてきたのです。

「わあ、どうしよう？　わあ、どうしよう？」

子《こ》ブタちゃんは、ひとりでさけんでいました。にげてしまおうかなっておもいましたが、せっかくここまできたのです。ちょっとでもみてみよう。

子《こ》ブタちゃんは、ゆうきをだして穴《あな》をのぞいてみました。

そのころ、穴《あな》の中《なか》で、つぼに頭《あたま》をつっこんだプーさんが、つぼをとろうとがんばっていました。いくら頭《あたま》をふっても、つぼはぬけません。どこかにつぼをぶつけてわろうにも、どこにぶつけたらいいのか、みえません。それに穴《あな》をよじのぼろうにも、どこをよじのぼればいいのかわからないのです。

つぼをかぶったプーさんは、

「ああ、たすけて！」

と、やけっぱちのさけび声《ごえ》をあげました。

子《こ》ブタちゃんが、穴《あな》をのぞいたのは、そんなときでした。プーさんの声《こえ》は、ただのうなり声《ごえ》にしかきこえなかったのです。ゾオンのうなり声《ごえ》にです。

「ああ、ゾオンだ！　きょうふのゾオンだ！　たすけて！　ぞうふ

のキョオンだよ！　きょ、きょ、きょふのぞんだよ！　ぞん、ぞん、ゾオンのキョキョだよ！」

子《こ》ブタちゃんはそうさけびながら、いちもくさんにクリストファー・ロビンの家《いえ》まではしりました。げんかんのドアをたたいて、クリストファー・ロビンをおこします。

「子《こ》ブタちゃん、どうしたの？」

いまおきたばかりのクリストファー・ロビンがききました。

「キョゾオンが、キョキョゾオンが、ゾオンがいた！」

子《こ》ブタちゃんは、あっちというように前足《まえあし》をふりました。

「どんなだった？」

「おっきな頭《あたま》で、ものすごくでかくて、あんなのはじめてみたよ。

みたことないやつ。**つぼみたいなやつ!**」

子《こ》ブタちゃんがなんとか説明《せつめい》すると、クリストファー・ロビンは
「ぼくもいってみるよ。ついておいで」

と、くつをはきながらさそいました。

子《こ》ブタちゃんは、クリストファー・ロビンもいっしょなら、こわくないかもしれないと、いっしょにいくことにしたのです。


「ほら、きこえるよ!」

穴《あな》のそばまできて、子《こ》ブタちゃんが、またふるえだしました。

「うん、きこえる」

クリストファー・ロビンもうなずきます。

ガンゴン、音《おと》がしています。その音《おと》は、プーさんが穴《あな》のそこにあった木《き》のねもとに、頭《あたま》のつぼをうちつけている音《おと》でした。つぼをわろうとしていたのです。

クリストファー・ロビンと子《こ》ブタちゃんは、こわごわ穴《あな》をのぞきこみました。

「ほら、いた！　すごくこわいやつ！」

子《こ》ブタちゃんは、クリストファー・ロビンの手《て》をぎゅっとにぎりしめます。

子《こ》ブタちゃんはぶるぶるふるえているのに、クリストファー・ロビンは笑《わら》いだしました。笑《わら》って笑《わら》って、笑《わら》いがとまりません。

そのあいだに、パリンと音《おと》がしてつぼがわれました。そして、中《なか》からゾオンではなくプーさんの頭《あたま》があらわれたのです。

それをみた子《こ》ブタちゃんは、自分《じぶん》がどんなにばかだったか気《き》がつきました。あまりのはずかしさに、すっとんで家《いえ》へにげかえり、ベッドの中《なか》にもぐりこんでしまいました。

プーさんは、ちゃっかりクリストファー・ロビンと、朝《あさ》ごはんを食《た》べに家《いえ》へかえりました。

「ああ、プーさん！　ぼくはプーさんが大好《だいす》きさ」

クリストファー・ロビンがそういうと、

「ぼくもだよ」

プーさんもそういったのです。

5 イーヨーがたんじょうびにプレゼントをもらうお話《はなし》

　年《とし》とった灰色《はいいろ》のロバのイーヨーが、じめじめした湿地《しっち》をながれる小川《おがわ》のそばで水《みず》にうつった自分《じぶん》をながめていました。

「あわれだ。なんてあわれなんだ。だれも気《き》にせん。気《き》にかけたりしない」

　イーヨーがそうつぶやいたとき、シダのしげみをかきわけてプーさんがあらわれました。

「おはよう。イーヨー」

「おはよう。プーさん。いい朝《あさ》だというべきかな。わしはそうはおもわんが」

イーヨーはむっつりとあいさつをかえしました。

「いい朝《あさ》だよ。イーヨー、なにがあったの？」

「なにもないさ」

「でも、とってもかなしそうだよ」

「なんでかなしむんだ？ **今日《きょう》はわしのたんじょうびだぞ**」

「イーヨーのたんじょうび！」

プーさんはおどろいてさけびました。

「そうだよ。プレゼントも、ピンク色《いろ》のさとうでかざったバースデー・ケーキもあるじゃないか」

「プレゼント？ バースデー・ケーキ？」

プーさんはあたりをみまわしますが、
なにもありません。

「みえないかね？」

「うん」

プーさんがうなずきました。

「わしにもみえん。じょうだんさ。はは」

プーさんは、イーヨーのじょうだんをわらえませんでした。

「ここにいて！」

プーさんは、おおいそぎで自分《じぶん》の家《いえ》にはしりだしました。

かわいそうなイーヨーのために、プレゼントをあげようとおもったのです。

家《いえ》につくと子《こ》ブタちゃんが、ドア・ノッカーをつかもうと、ぴょんぴょんとびはねていました。

「やあ、子《こ》ブタちゃん。なにしてるの？」

プーさんがききました。

「ノッカーをつかみたいんだけど、つかめないんだ」

子《こ》ブタちゃんが、ノッカーをみあげました。

「かわりにやってあげるよ」

プーさんは、ノッカーをつかんでドアをノックしてあげました。

「いま、イーヨーにあったんだよ。今日《きょう》はイーヨーのおたんじょうびなのに、だれも気《き》づいてなくて、おちこんでるんだ」

そこまでいったプーさんは、ドアをみました。

「ここにだれがすんでるかしらないけど、ぜんぜんでてこない」

プーさんは、もういちどノックしてみました。

「あの、プーさん。ここはきみの家《いえ》だよ」

子《こ》ブタちゃんがゆびさしました。

「あ、そうか。ま、いいや。はいってよ」

二人《ふたり》はプーさんの家《いえ》にはいりました。


プーさんは、ハチミツのはいったつぼをとりだしました。

「これをイーヨーのプレゼントにするんだ。きみはなにをあげる?」

「ぼくもそれをあげちゃだめ? 二人《ふたり》からのプレゼントにしちゃだ

めかな？」

子《こ》ブタちゃんがききました。

「だめだよ。それはいい考《かんが》えじゃないとおもうよ」

プーさんが首《くび》をふりました。

「それじゃ、ぼくはふうせんをあげる。家《いえ》にまだ一つのこってる」

「子《こ》ブタちゃん、それはいい考《かんが》えだね。ふうせんをもらうと、だれでもげんきになるものね」

そこで、子《こ》ブタちゃんは家《いえ》にかえり、プーさんはハチミツのつぼをかかえて、イーヨーのいる小川《おがわ》のほうへあるきだしました。

プーさんは、しばらくあるいているうちに、みょうなかんじがしてきました。それは鼻《はな》さきからはじまって、体《からだ》ぜんたいにじわじわひろがり、うしろ足《あし》のうらをつきぬけていきます。

『さあ、プー。ちょっとしたなにかを食《た》べる時間《じかん》だぞ』

そのかんじは、そういっているようでした。

「ああ、こんな時間《じかん》だなんて気《き》がつかなかった。これをもっててよかったよ」

プーさんは、もっていたハチミツをたっぷり手《て》にとってなめはじめました。

そうしてすっかりなめおわると、たちあがって、

「どこへいくつもりだったっけ？　あ、そうだ。イーヨーのところだ」

そのとき、プーさんはとつぜん気《き》づいたのです。イーヨーへのプ

レゼントを食《た》べてしまったことにです。

「こまった！　イーヨーにあげるものがない」

プーさんはさけびました。

でも、しばらくして、

「このつぼは、とってもいいつぼだよ。これをきれいにあらって、だれかに〝たんじょうびおめでとう〟って、かいてもらおう。イーヨーはものいれにつかえるよ。とってもべんりだ！」

と、おもいつきました。

プーさんはどこまで森《もり》にすむフクロウさんの家《いえ》へいきました。

「今日《きょう》は、イーヨーのたんじょうびなんです。ぼくは、このつぼを

あげようとおもってます。それでフクロウさんにおねがいが――」

プーさんは、つぼをさしだしていいかけました。

「ほう。これはいいつぼだ。これに〝たんじょうびおめでとう〟とかいたらどうかね」

「それをフクロウさんにおねがいしたかったんです」

プーさんは、ほっとしました。

「これを二人《ふたり》からのプレゼントにしたらどうかね」

フクロウさんが、つぼをじっくりみてプーさんにききました。

「だめです。それはいい考《かんが》えじゃないとおもいます」

プーさんは、首《くび》をふりました。

フクロウさんは、つぼに

〝おとんじょび　おめれと　ござます〟

とかきました。

「なんてかいてあるんですか？」

プーさんがききました。

「おたんじょうびおめでとうございます。だいすきだよ。プーより
とかいただけだ」

「ながくてすてきなことばですね」

プーさんは、イーヨーがどんなによろこぶだろうとおもうと、とてもうれしくなりました。


そのころ、子《こ》ブタちゃんはふうせんをぎゅっとだきしめて、はし

っていました。

子《こ》ブタちゃんは、だれよりもはやくイーヨーにプレゼントをわたそうとおもっていました。だれかにいわれたからじゃなく、自分《じぶん》でプレゼントをあげようとしたんだっておもってもらいたいのです。

イーヨーがどんなによろこぶだろうと、そればかりかんがえていた子《こ》ブタちゃんは、前《まえ》をよくみていませんでした。

子《こ》ブタちゃんは足《あし》を、ウサギ穴《あな》にひっかけてつまずき、顔《かお》からばったりとたおれこんでしまいました。

バーン！

子《こ》ブタちゃんは、なにがおきたのかわかりません。

せかいがふきとばされたのかも？　いいえ、

森《もり》だけがふきとばされたのかも？　ううん、ふきとばされたのは自《じ》分《ぶん》だけのようだとおもえました。

おそるおそる顔《かお》をあげると、さっきと同《おな》じ森《もり》の中《なか》です。

「さっきのバーンって音《おと》はなに？　**あれっ、ふうせんがない！**　このしめったぼろきれみたいなものは、なんだろう？」

それは、われたふうせんのきれはしでした。

「どうしよう。ああ、どうしよう。ふうせんがない！」

子《こ》ブタちゃんは、かなしくなりながらかけだし、イーヨーのいる小《お》川《がわ》のほとりにいきました。


「イーヨー、おたんじょうびおめでとう」

子《こ》ブタちゃんは、イーヨーにおずおずといいました。

「いまなんといったんだ？　このわしにいったのか？」

イーヨーは、前足《まえあし》の一本《ぽん》で自分《じぶん》の耳《みみ》をもちあげました。こうすると、よくきこえるのです。

「イーヨー、おたんじょうびおめでとう」

「おお。わしにほんとうのおたんじょうびがきたのか！」

「そうだよ。だからプレゼントをもってきたんだ」

子《こ》ブタちゃんは、ふうせんのしめったきれはしをさしだしました。

「これはなんだ？」

「ふうせんだよ。ごめんね。ぼく、ころんで、わっちゃったんだ」

「あんまりはやくはしりすぎたんじゃろ。けがはなかったかね、小《ちい》さな子《こ》ブタちゃん」

「けがはしてないよ。でも、ごめんね」

イーヨーは、子《こ》ブタちゃんのプレゼントをみつめました。

「きいてもいいかね？　これは、なにいろだった？」

「赤《あか》だよ」

「**わしのいちばんすきないろだ。**どれぐらいおおきかったかね？」

「ぼくぐらいおおきかったよ」

「**わしのいちばんすきなおおきさだ**」

イーヨーがそういうのをきいて、子《こ》ブタちゃんはもうしわけなくて、なにもいうことができません。

前足《まえあし》で顔《かお》をおおって鼻《はな》をぐずぐずならして泣《な》いてしまいました。

そこへプーさんがやってきました。

「イーヨーにプレゼントをもってきたよ。べんりなつぼだよ。ここに〝おたんじょうびおめでとうございます。〟ってかいてあるんだ」

プーさんがさしだすつぼをみたイーヨーは、よろこんでしっぽをふりました。

「べんりだ！　わしのふうせんをいれられるじゃないか！」

「だめだよ。ふうせんはおおきすぎて、このつぼにははいらないよ」

プーさんは首《くび》をふりました。

「いいや、わしのふうせんは、はいるんだよ」

イーヨーは、ふうせんのきれはしを口《くち》にくわえてつぼにいれてみせました。

「はいる！　つぼにはいるね」

それをみたプーさんは、おどろきました。

「よかった。ものをいれられるべんりなつぼをプレゼントにしてよかった」

プーさんがいいました。

「よかった。べんりなつぼにいれられるものをプレゼントにしてよかった」

子《こ》ブタちゃんもなみだをふいていいました。

イーヨーは、つぼからふうせんをだしたりいれたりしながら、とてもしあわせそうでした。

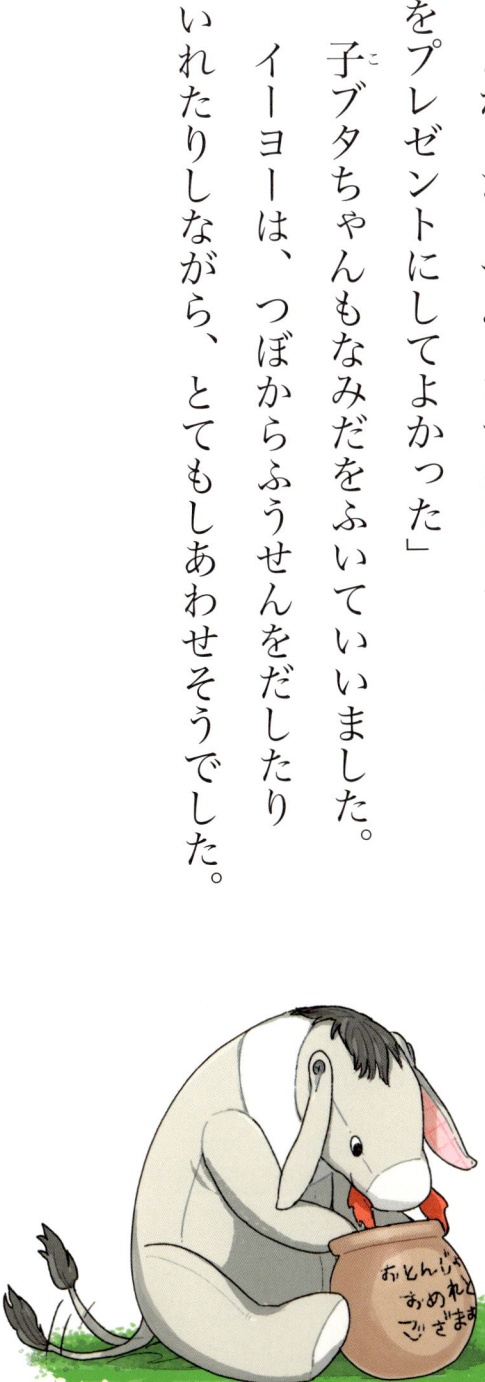

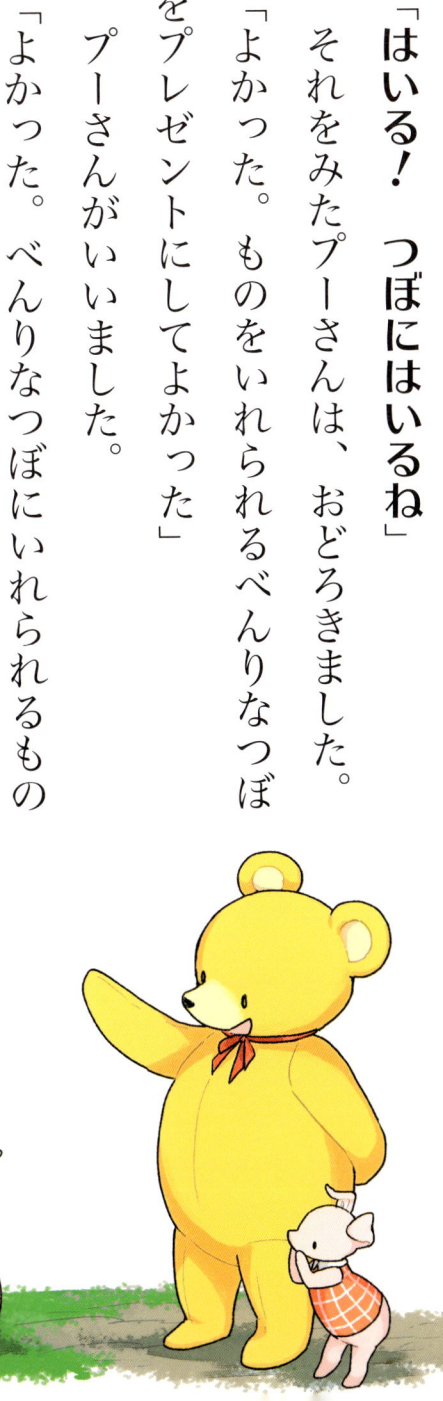

6 北《ほっ》きょくへ〝だんきん〟するお話《はなし》

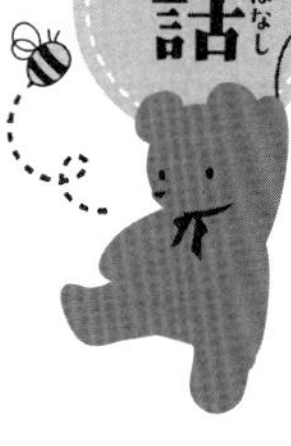

あるお天気《てんき》のいい日《ひ》のことでした。プーさんがさんぽをしていると、クリストファー・ロビンが、家《いえ》のげんかんのそばでブーツをはこうとしていました。

「おはよう、プーさん。ブーツがうまくはけないんだよ。だから、ぼくによりかかってくれない？　ブーツをぎゅうぎゅうひっぱると、ぼく、ひっくりかえっちゃうんだ」

と、クリストファー・ロビンがたのみました。

「おはよう。クリストファー・ロビン。それはたいへんだ」

プーさんは、クリストファー・ロビンとせなかあわせにすわると、足《あし》をふんばってクリストファー・ロビンのせなかをおしてあげました。

クリストファー・ロビンは、よいしょよいしょとブーツをひっぱりあげて、やっとはくことができました。

「ありがとう、プーさん。これからみんなでたんけんにいこう」

クリストファー・ロビンはさあいくぞ！とみぎうでをふりあげました。

「たんきんってなに？」

プーさんが首《くび》をかしげます。

「たんきんじゃないよ。きじゃなくてけだよ。おばかなくまちゃん」

「ああ、知《し》ってたよ」

プーさんは、知《し》りませんでしたがうれしそうにこたえました。

「**北《ほっ》きょくをさがしに行《い》こう！**」

クリストファー・ロビンのことばに、プーさんはまた首《くび》をかしげました。

「北《ほっ》きょくってなに？」

「それをさがしにいくんだよ」

クリストファー・ロビンは、もちろんというちょうしでこたえましたが、自分《じぶん》でもよくわかっていません。

「くまでも、はっきんできるかな？」

「できるさ。みんなで食料《しょくりょう》をもって、ぎょうれつしていくんだよ」

「食料《しょくりょう》ってなに？」

「食《た》べもののことさ」

プーさんの頭《あたま》の中《なか》はハチミツでいっぱいになりました。

「みんなにおしえてくる！」

プーさんはパタパタとかけだしました。


森《もり》のみんなが森《もり》のいちばん高《たか》いところに、食料《しょくりょう》をもってあつまりました。

クリストファー・ロビンとウサギさんがせんとうで、つぎにプーさんと子《こ》ブタちゃん、そのつぎがカンガルーのおやこです。おかあさんの**カンガ**は、むすこの**ルー**を自分《じぶん》の体《からだ》のポケットにいれています。それからフクロウさんとイーヨー、さいごがウサギさんのしんせきたち。とても長《なが》いぎょうれつができました。

「**しゅっぱーつ！**」

クリストファー・ロビンが、またみぎうでをふりあげました。

たんきんのみんなは、岩《いわ》のあいだをくねくねとまがりながら流《なが》れている小川《おがわ》にでました。みんなは川《かわ》におちないように、岩《いわ》から岩《いわ》へと注意《ちゅうい》ぶかくわたります。そして、きしべがひろくなっているところへ、ぴょんととびおりました。ひとやすみするにはちょうどいいところです。

「ここで食料《しょくりょう》を食《た》べよう。そうすれば、おもいにもつをはこばなくてもすむよ。みんな食料《しょくりょう》をもってきた？」

クリストファー・ロビンがきくと、みんなは、もってきたにもつをほどいて、食料《しょくりょう》をとりだしました。

「わしだけが食料《しょくりょう》をもってこなかった。いつものことだ」

イーヨーがかなしげにいいました。

「だれかアザミの上《うえ》にすわっていないかね？」

「あ、ぼく、すわっているかも」

プーさんがたちあがります。

「どいてもらうとたすかるよ」

イーヨーもアザミをむしゃむしゃ食《た》べだしました。

さきに食料《しょくりょう》を食《た》べおわった

クリストファー・ロビンが、フクロウさんをこっそりよびました。

「みんなにはきかれたくないんだけど、フクロウさんは、北《ほっ》きょくがどんなものか知《し》ってる？　ぼくも、前《まえ》は知《し》ってたんだ。でもわすれちゃった」

クリストファー・ロビンがこそこそとききました。

「そりゃ、わしは知《し》っとる。よーくというほどではないが、まあまあというほどでもないが、だいたいは知《し》っとるぞ」

フクロウさんは、えらそうにむねをはると、なにやらむずかしいことを話《はな》しはじめました。

「いいかね、地球《ちきゅう》というのは、巨大《きょだい》なボールに地軸《ちじく》というぼうがさってたようなものなのじゃ。地球《ちきゅう》は、地軸《ちじく》を軸《じく》にしてまわっとる。

地軸《ちじく》の北《きた》のはしにあるのが北《ほっ》きょく、南《みなみ》のはしに――」

話《はなし》のとちゅうでクリストファー・ロビンは、わかったとおもいました。

「それじゃ北《ほっ》きょくには地軸《ちじく》のぼうのさきがでてるんだね」

「あ、う、うーん。でているかもしれんな」

フクロウさんは、みたことはないけど、そうだろうとうなずいてみせました。

「そうだよね。土《つち》にささったたぼうをさがせばいいんだね」

ぼくもそうおもってたんだと、クリストファー・ロビンもうなずきました。

食料《しょくりょう》を食《た》べおえたルーが、小川《おがわ》で顔《かお》と前足《まえあし》をあらっています。

カンガは、むすこのルーが今日《きょう》はじめてひとりで顔《かお》をあらえたのよ、とみんなにじまんしていました。それをきいたイーヨーが、

「わしは、なんでもかんでもあらうのはすきじゃない。耳《みみ》のうしろまであらうだと！　ふん」

と、ぶつぶつもんくをいいはじめたときでした。

ポチャン！

と音《おと》がして、ルーが「ひゃあ！」と、ひめいをあげました。

「ルーが川《かわ》へおちた！」

クリストファー・ロビンとウサギさんが、あわててたすけにむかいます。けれどもルーは、

「ぼく、およいでるよ！　みて！」

と、うれしそうにさけびながら、つぎの小川《おがわ》のふちまでながされていきます。もちろんおぼれているようにしかみえません。

「だいじょうぶなの？　ルー」

カンガがはしりながら、しんぱいそうに声《こえ》をかけました。

「だいじょうぶ。ぼく、およいでるよ！　みて！」

ルーは、小《ち》さな滝《たき》をくだり、つぎのふちへながされていきます。

みんなは、どうしたらルーをたすけられるかと、大《おお》さわぎです。

子《こ》ブタちゃんは「ああ、ああ」ととびながらさわいでいます。

フクロウさんは、〝突然《とつぜん》の一時的《いちじてき》水没時《すいぼつじ》には水上《すいじょう》に頭部《とうぶ》を維持《いじ》することが大事《だいじ》だ〟とせつめいをはじめました。

イーヨーは、さいしょにルーがおちたふちにすわり、川《かわ》の中《なか》にしっぽをたらし、

「顔《かお》をあらうばかりじゃなく、体《からだ》まであらうつもりか！　まあ、わしのしっぽをつかめ」

と、ぼそぼそひとりごとをいっています。

「だれか川下《かわしも》でルーがつかまれるものを小川《おがわ》にわたしてやってくれ」

ウサギさんがさけびました。

みんなが大《おお》あわてでそこいらじゅうをさがしはじめましたが、つかまるのにちょうどいいものをみつけたのはプーさんでした。長《なが》い

ぼうをみつけたのです。

プーさんは、ルーがながされているところからすこしはなれた川《かわ》辺《べ》にたち、むこうぎしにやってきたカンガにぼうのもういっぽうのさきをもたせました。二人《ふたり》は小川《おがわ》のひくいところに、橋《はし》をかけるみたいにぼうをわたしたのです。

ルーはまだとくいげに、

「ぼくのおよいでいるところみて！」

と、さけびながらながれてきましたが、やっと、そのぼうをつかんで小川《おがわ》からはいあがりました。

ルーをひきあげたみんなは、小川《おがわ》のふちにへとへとになってすわりこみました。

「ねえ、みんな、ぼくがおよいでるところみた？」

ルーは、ずぶぬれではしゃいでいます。

「あれは、およいだんじゃありません。ながされたんです！」

カンガがルーをしかりながら、ぬれた毛皮《けがわ》をふきました。

「ながされてないよ。ぼく、およげたよ！　およいでいるところみた？　ねえ、クリストファー・ロビン、ぼくのおよぐところみた？」

でも、クリストファー・ロビンの耳《みみ》には、ルーの言葉《ことば》ははいっていませんでした。プーさんをみていたからです。

「プーさん。そのぼう、どこでみつけたの？」

「あっち。みつけたから、ひろったの」

プーさんは、自分《じぶん》がもっているぼうをみました。

「たんけんはおわりだ。プーさんが北《ほっ》きょくをみつけたよ」

クリストファー・ロビンが、まじめな顔《かお》でいいました。

「ええ！」

プーさんは、おどろきました。


みんなが川上《かわかみ》へもどると、イーヨーはまだ、川《かわ》の中《なか》に自分《じぶん》のしっぽをたらしていました。

「はやくルーにしっぽをつかめとおしえてやってくれないか。しっぽがひえてたまらん」

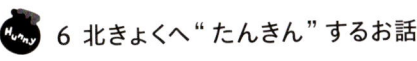

イーヨーがぶつぶつもんくをいうと、ルーはたのしそうに、

「ぼくここにいるよ。ぼくがおよいでるところみた？」

と、ぴょんぴょんはねていいました。

「そうか、そうなのか。わしのしっぽのことなどだれも気《き》にせん。かじかんだしっぽなのに。それでいいんだ」

イーヨーが、かなしそうにしっぽをひきあげると、

「かわいそうなイーヨー。ぼくがしっぽをふいてあげるよ」

と、クリストファー・ロビンが、ハンカチをだしました。

「ねえ、プーさんが北《ほっ》きょくをみつけたんだよ！　すごいことだよ」

クリストファー・ロビンは、イーヨーにおしえてあげました。

「それが、わしらがさがしていたものなのか？」

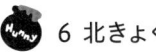

イーヨーはプーさんのもっているぼうをみます。

プーさんは、どうやらこれらしいですとうなずいて、おずおずと、ぼうをさしだしました。

みんなでそのぼうを地面《じめん》につきたてると、そこにクリストファー・ロビンが、こんなふだをぶらさげました。

『ほっきょく
プーさんが　はっきんした』

そして、みんなはそれぞれの家《いえ》へかえりました。

プーさんは、「たんきんして、ぼくが北《ほっ》きょくをはっきんしたんだ」ととくいなきもちで、ハチミツをひとなめすると、ふかふかのベッドにもぐりこみました。

7 子《こ》ブタちゃんが水《みず》にかこまれるお話《はなし》

くる日《ひ》もくる日《ひ》も雨《あめ》です。もう何日雨《なんにちあめ》ふりなのかわすれるぐらい雨《あめ》がふっています。

「ざんねんだなぁ。プーさんの家《いえ》か、クリストファー・ロビンの家《いえ》かウサギさんの家《いえ》にいたらよかった。そうしたら、ひとりでいつ雨《あめ》がやむんだろうって、しんぱいすることはなかったのに」

子《こ》ブタちゃんは、家《いえ》のまどから外《そと》をなが

めて、ハラハラしていました。

だって、小川《おがわ》がほんとの川《かわ》になっているのです。水《みず》は土手《どて》をこえてひろがって、そこいらじゅうを川《かわ》にしています。

「ぼくみたいなちっちゃな動物《どうぶつ》は水《みず》にかこまれたらたいへんだよ。クリストファー・ロビンとプーさんは木《き》にのぼればいいし、カンガはジャンプすればいい。ウサギさんは穴《あな》をほってかくれればいいし、フクロウさんはとべばいい。イーヨーはたすけがくるまでさわげばいい。なにもできないのは、ぼくだけだ」

子《こ》ブタちゃんは、あの水《みず》が自分《じぶん》のベッドまではいってくるんじゃないかとこわくてたまらないのでした。

雨《あめ》はふりつづきます。あふれた川《かわ》は水《みず》かさをまして子《こ》ブタちゃんの家《いえ》までとどきそうです。子《こ》ブタちゃんは、水《みず》をみているだけでなにもできませんでした。

「クリストファー・ロビンは、こんなとき、どうするのかな？」

子《こ》ブタちゃんは、とつぜん、クリストファー・ロビンがしてくれたお話《はなし》をおもいだしました。

だれもいない島《しま》にとりのこされた男《おとこ》が、紙《かみ》にメッセージをかいてびんにいれ、海《うみ》にながしたというお話《はなし》です。

子《こ》ブタちゃんは、自分《じぶん》もメッセージをびんにいれて水《みず》になげれば、だれかがたすけにきてくれるんじゃないかとおもいました。

子《こ》ブタちゃんはえんぴつと紙《かみ》、コルクのせんのついたびんをみつけました。

そして、こんなメッセージをかいたのです。

『たすけて！ こぶたちゃんてす。

こぶたちゃんてす。たすけてくたさい』

子《こ》ブタちゃんは、紙《かみ》をびんにいれコルクでしっかりせんをして、まどからせいいっぱいとおくになげました。びんは、ぽちゃんと川《かわ》へおちました。

そうして、子《こ》ブタちゃんはびんが水《みず》にぷかぷかうきながらながれていくのをみおくったのです。

雨《あめ》がふりだしたとき、プーさんはねむっていました。とてもつかれていたからです。

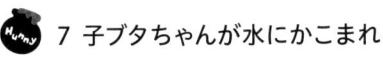

プーさんはこの前《まえ》、北《ほっ》きょくをはっけんしました。プーさんは、そのはっけんがとてもほこらしかったのです。だから、クリストファー・ロビンに、頭《あたま》がよくないくまでも、はっけんできる〝きょく〟は、ほかにもあるのかってききました。

「南《なん》きょくがあるよ。きっと東《とう》きょくと西《さい》きょくもあるんだとおもう。よくわからないけど」

クリストファー・ロビンがそうおしえてくれました。

だから、プーさんは東《とう》きょくをさがしにでかけてみました。そして、くたくたになって家《いえ》へかえってきました。きっと東《とう》きょくはみつからなかったのでしょう。

それから三十分《ぷん》かけてハチミツをなめていましたが、あまりにつ

かれて、いすにこしかけたまま、プーさんは、雨《あめ》がふっていること
もしらずにねむりこんでしまいました。

プーさんは、東《とう》きょくをみつけたゆめをみていました。

東《とう》きょくは雪《ゆき》と氷《こおり》におおわれたさむいところです。ねどこにでき
そうなハチの巣《す》があったのですが、せまいので、プーさんはそこか
ら足《あし》だけだして寝《ね》ていました。すると、東《とう》きょくにすんでいるイタ
ッチがやってきて、自分《じぶん》の子《こ》どもに巣《す》をつくってやるために、プー
さんの足《あし》の毛《け》をぜんぶかじりとってしまったのです。

「**いたた！**」

ひめいをあげたプーさんは、そこで目《め》がさめました。

足《あし》がとてもつめたい！

プーさんは、じぶんの足《あし》をみました。足《あし》が水《みず》につかっています。そのとき、プーさんは、家《いえ》じゅうが水《みず》びたしになっていることに、やっと気《き》がついたのです。

「たいへんだ！　にげなきゃ！」

プーさんは、ハチミツのいちばんおおきなつぼをもって木《き》にのぼりました。そして、水《みず》からずっとはなれた高《たか》いところにあるふとい木《き》の枝《えだ》につぼをおきました。それからまた、家《いえ》へハチミツのつぼをとりにもどって、木《き》にのぼります。プーさんは、それをなんどもくりかえしました。

そうして、つぼをみんなもちだしおえたとき、枝《えだ》の上《うえ》で足《あし》をぶらぶらさせているプーさんのとなりに、ハチミツのつぼが十個《こ》ずらり

とならんでいました。

二日《ふつか》たちました。枝《えだ》の上《うえ》で足《あし》をぶらぶらさせているプーさんのとなりに、ハチミツのつぼが四つならんでいました。

三日《みっか》たちました。ハチミツのつぼは一つだけになっています。

四日《よっか》たちました。枝《えだ》の上《うえ》にはプーさんだけがいました。

子《こ》ブタちゃんのびんがながれてきたのは四日《よっか》めの朝《あさ》でした。

「あ、ハチミツだ！」

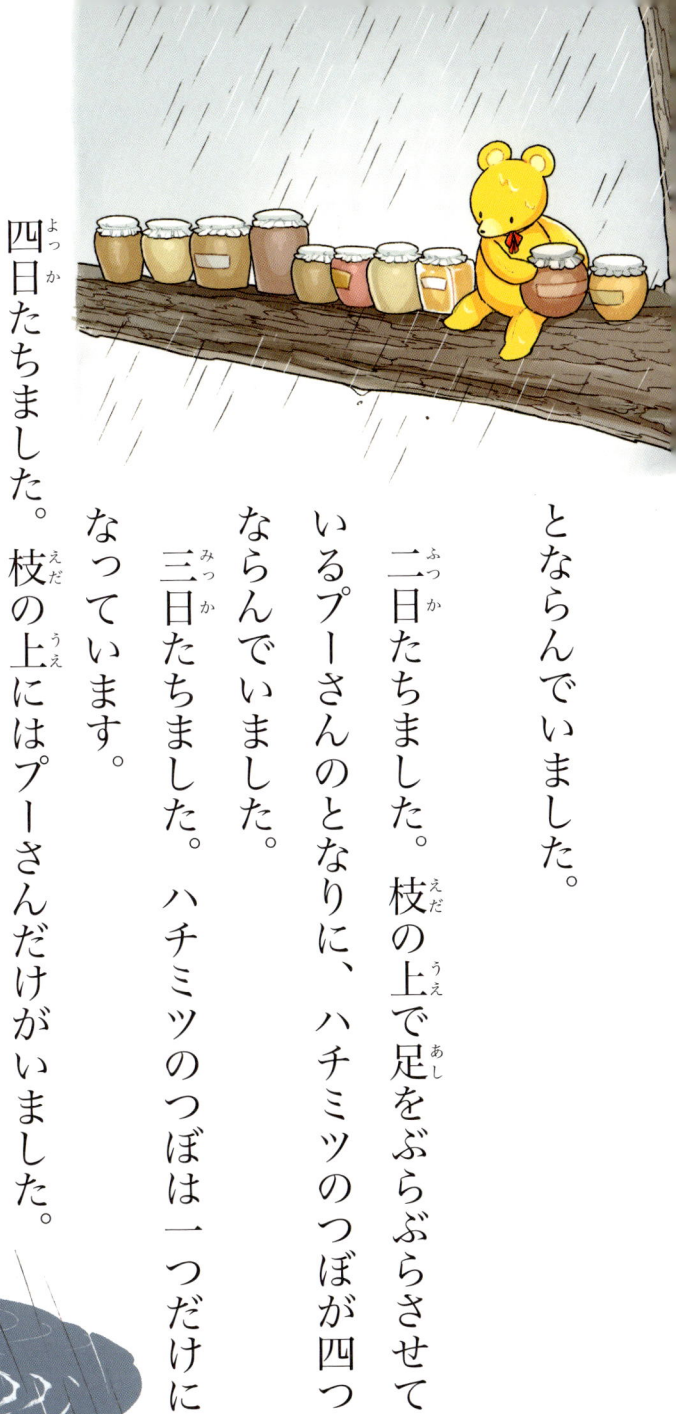

プーさんは水《みず》にボチャンととびこんでびんをつかむと、木《き》の枝《えだ》にもどりました。びんのコルクをとると、

「なーんだ。ハチミツじゃないや。でも、紙《かみ》がはいってる」

と、紙《かみ》をひろげました。

「これはミッセージだよ。それもぼくあてのミッセージだ。だって、この字《じ》は〝ぷ〟だよ。これも〝ぷ〟だ。プーさんの〝ぷ〟だもの。でも、ぼくがよめるのは〝ぷ〟だけだ。あとの文字《もじ》はよめないや。なんてかいてあるのか、文字《もじ》をよめるだれかにおしえてもらわなきゃいけないな。でも、ぼく、およげないし。こまったぞ」

そこまでかんがえたプーさんは、あることをおもいつきました。それは頭《あたま》がよくないいくまにしては、いいかんがえだったのです。

「びんが水《みず》にうかぶなら、つぼも水《みず》にうかぶよ。大《おお》きなつぼなら、その上《うえ》にぼくがのっかれるんじゃないかな。ふねになるよね」

プーさんはいちばん大《おお》きなつぼをもってきて、しっかりふたをしました。そしてつぼを水《みず》にうかべて、その上《うえ》にとびのったのです。

「ふねには名前《なまえ》をつけなきゃね。これは《プカプカくま号《ごう》》だ」

プーさんと《プカプカくま号《ごう》》は、どっちが上《うえ》になるかなかなかきまりませんでした。でも、さいごには、なんとかうまくバランスをとれるようになったプーさんが上《うえ》にきまったのです。

《プカプカくま号《ごう》》にまたがったプーさんは、いっしょうけんめい足《あし》で水《みず》をかきはじめました。

クリストファー・ロビンは、森《もり》のいちばん高《たか》いところにたつカシの木《き》にすんでいます。雨《あめ》ふりの五日《いつか》めの朝《あさ》には、家《いえ》のまわりじゅうが水《みず》にかこまれていました。クリストファー・ロビンは、海《うみ》のまん中《なか》にあるほんものの島《しま》にたっているみたいでした。

そこにフクロウさんがとんできました。

「だいじょうぶかな？」

フクロウさんはききました。

「ぼくはね。でもプーさんがしんぱいなんだよ。いってみてきてくれない？　子《こ》ブタちゃんもいっしょかな？　プーさんは、あんまり頭《あたま》がよくないし、ばかなことをしでかすかもしれないでしょう。ぼくはプーさんが大好《だいす》きなんだ」

「わかった。いってみよう」

フクロウさんは、すぐプーさんのようすをみにとんでいってくれました。

そして、しばらくしてから、あわててもどってきたのです。

「プーさんがおらん！ 少《すこ》し前《まえ》までは、木《き》の枝《えだ》に九《ここの》つのつぼといっしょにすわっていたのに、いまはいなくなっているぞ！」

「えー、どうしよう！ プーさんどこにいるの？」

クリストファー・ロビンがさけびました。するとそのとき、

「**ここ！**」

クリストファー・ロビンのうしろで、プーさんの声《こえ》がしました。

プーさんは《プカプカくま号《ごう》》で、クリストファー・ロビンの家《いえ》までたどりついたのです。

「ああ、プーさん、よかった！」

クリストファー・ロビンとプーさんは、おたがいにしっかりだきあいました。

「どうやってここまできたの？」

クリストファー・ロビンがききました。

「ぼくのふねでだよ。ぼくミッセージをうけとったんだけど、よめないからここへもってきたんだ」

プーさんはほこらしげに、メッセージの紙《かみ》をクリストファー・ロビンにみせました。

クリストファー・ロビンはそれをよむと、さけびました。

「これ、子《こ》ブタちゃんからだよ。たすけにいかなきゃ！」

「あれ〝ぶ〟だったの？ 〝ぷ〟だとおもった」

「そうだよ。〝ぶ〟だったんだよ。プーさんのふねはどこにあるの？」

「あそこ！」

プーさんは、とくいげにつぼの《プカプカくま号《ごう》》をゆびさしました。

そのふねは、クリストファー・ロビンが想像《そうぞう》していたようなふねではありませんでした。でも、このふねにのってきたのかとおもうと、プーさんが、ゆうかんでかしこいくまに、おもえました。

「二人《ふたり》でのるには小《ちい》さすぎるね。子《こ》ブタちゃんもいれたら三人《にん》だよ。

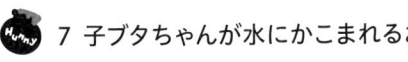

このふねじゃとてもむりだ。プーさん、どうしたらいい？」

クリストファー・ロビンはうなだれました。

そのとき、プーさんはとてもかしこいことをいったのです。

それをきいたクリストファー・ロビンは、口《くち》をぽっかりあけ、目《め》をみひらいて、このくまがほんとうに、ずっとじぶんの友《とも》だちで、ずっと大好《だいす》きだった、あのおばかなくまと、おなじくまだろうかと、プーさんの顔《かお》をみつめてしまいました。

「きみのかさにのったらどうかな？」

プーさんはそういったのです。

クリストファー・ロビンは、すごくいい考《かんが》えだとおもいました。

かさをひらいて先《さき》を下《した》にむけて水《みず》にうかべてみました。おもったとおり、かさはうきました。そこへプーさんがのりこみましたが、かさがくるんとかたむいて、プーさんは水《みず》にぽちゃんとおちてしまいました。おかげでプーさんは、のみたくもない水《みず》をのんでしまいました。でも、クリストファー・ロビンと二人《ふたり》いっしょにのりこむと、こんどはぐらぐらしなくなりました。

「このふねを《**かしこいプー号**《ごう》》ってよぼう！」

クリストファー・ロビンがそう名前《なまえ》をつけました。

船長《せんちょう》がクリストファー・ロビンで、一等航海士《とうこうかいし》がプーさんの《かしこいプー号《ごう》》が、たすけにきたのをみた子《こ》ブタちゃんが、どんなによろこんだか想像《そうぞう》してみてください。

8 プーさんのためのパーティーのお話《はなし》と、さよなら

五月《がつ》のいいお天気《てんき》のある日《ひ》、クリストファー・ロビンはとくべつなあいずの口《くち》ぶえをふきました。

それをきいたフクロウさんが、すぐとんできてくれました。

「フクロウさん。ぼく、子《こ》ブタちゃんをたすけたプーさんのためにパーティーをひらこうとおもうんだ。パーティーは明日《あした》だって、みんなにしらせてきてくれない？」

クリストファー・ロビンがたのむと、

「ほう、そうなのかい。まかせてくれ」

と、フクロウさんは、森《もり》のみんなにしらせるためにとびたちました。

そしていちばんはじめにあいにいったのがプーさんでした。

「**ぼくのためのパーティー！** それはすてきだ！ ピンクのさとうでかざったケーキもきっとあるよ。《プカプカくま号《ごう》》や《かしこいプー号《ごう》》がぼくのアイデアでできたふねだって、みんなわかってるかな？ みんな、ぼくのためのパーティーだってわかっていなかったら、かなしいな」

プーさんはかんがえればかんがえるほど、パーティーのことで頭《あたま》の中《なか》がいっぱいになりました。

するとプーさんは、こんな歌《うた》をおもいつきました。

『**プーさんのためにバンザイしよう！**

およげないのに、友《とも》だちをたすけたんだ！

つぼのふねをうかべたくまに、バンザイしよう！』

プーさんがそんな歌《うた》をつくっているころ、フクロウさんはイーヨーにあっていました。

「クリストファー・ロビンが明日《あした》、パーティーをするそうじゃ」

フクロウさんが、イーヨーにおしえました。

「それはいい。わしいがいのみんなにつたえるんだな？　わしにも、のこったケーキぐらいとどけてもらえるよな。しんせつなことだ」

イーヨーが、いつものくらい声《こえ》でいいました。

「森《もり》のみんなは、イーヨーにもパーティーにでてほしいそうじゃよ」

フクロウさんは、イーヨーもごしょうたいだとさそいました。

「なんだと？　わしもいっていいのか？　ほんとうに！　わしもよばれるなど、雨《あめ》でもふりそうじゃないか。雨《あめ》がふってもわしのせいにはしないでくれよ」

　イーヨーはそういって、それでも、みんなに明日《あした》パーティーがあることをしらせたのです。

　パーティーの日《ひ》になりました。さいわい、雨《あめ》はふりませんでした。

　クリストファー・ロビンは、木《き》のいた

で長《なが》いテーブルをつくりました。そのテーブルのはしにクリストファー・ロビンがすわり、はんたいのはしにプーさんがすわりました。あいた席《せき》には森《もり》のみんながすわりました。

イーヨーは、ふきげんそうに、

「いまに雨《あめ》がふる。みててごらん。雨《あめ》はふるぞ」

といいましたが、雨《あめ》はふりませんでした。


みんなが、ピンクのさとうでかざったケーキを食《た》べおわるころ、クリストファー・ロビンが、スプーンでテーブルをたたいて、みんなをだまらせました。

「このパーティーは、だれかがしたことのためにひらいたパーティーです。それがだれなのかは、みんな、しってるとおもいます。ぼくはプレゼントをもってきました。これをおばかなくまちゃんにわたしてやって。せかいでいちばんすてきなくまへね」

クリストファー・ロビンはプレゼントのつつみをとりだしました。

「なにがはいってるの？」

「あけてよプーさん」

森《もり》のみんなは、つつみのなかをしりたくてたまりません。

つつみをあけたプーさんは、あまりにうれしくていすからころがりおちそうでした。

プレゼントはえんぴつセットでした。えんぴつのほかに、けしゴムもえんぴつをけずるナイフも、線《せん》をひくためのじょうぎも、赤《あか》と青《あお》とみどり色《いろ》のえんぴつもはいっています。それがみんなとくべつせいのケースにおさまっていて、ケースをとじるとふたがパチィとおとをたててしまります。それがぜんぶプーさんのものなのです。

「**ああ!**」

プーさんがさけびました。

「よかったねプーさん!」

みんながそういってくれました。

イーヨーいがいです。

「えんぴつなど、たいしたものじゃない。ばかげてる」

と、イーヨーはもんくをいっています。

イーヨーは、えんぴつをもつことができないから、うらやましくなかったのです。

そしてパーティーがおわって、おわかれしました。

プーさんと子《こ》ブタちゃんは、ハチミツみたいに金色《きんいろ》にかがやく夕《ゆう》日《ひ》の中《なか》を二人《ふたり》でかえりました。

「明日《あした》、朝《あさ》おきたらプーさんは、さいしょになにをかんがえるの？」

子《こ》ブタちゃんがききました。

「朝《あさ》ごはんはなにを食《た》べようかなってかんがえる。子《こ》ブタちゃんは？」

「ぼくは、今日《きょう》はどんなすてきなことがあるのかなってかんがえる」

子《こ》ブタちゃんのことばに、プーさんはしばらくかんがえていまし

たが、

「それっておんなじことじゃないかな」

っていいました。

「ねえ、パパ。つぎの日《ひ》の朝《あさ》になにがあったの？　すてきなことってあったの？」

クリストファー・ロビンが私《わたし》にききました。

「さあ、わからないよ」

「わかったら、ぼくとプーさんにまたお話《はな》ししてね。プーさんがしりたがってるから。それじゃ、ぼくこれからおふろにはいって寝《ね》るよ」

クリストファー・ロビンは、プーさんのうしろ足《あし》をつかんでひきずりながらかいだんのところまであるいていきました。そして、あ、そうだというようにふりむきました。

「プーさんのえんぴつケース、ぼくのよりいいやつ？」

「まったくおなじやつさ」

クリストファー・ロビンは、うなずきました。

それから、プーさんがひきずられながらかいだんをのぼるドスン、ドスンという音《おと》がきこえてきました。

作者《さくしゃ》と物語《ものがたり》について

世界一有名《せかいいちゆうめい》なくま

編訳《へんやく》／柏葉幸子《かしわばさちこ》

　このお話《はなし》は、イギリスの作家《さっか》Ａ《エー》・Ａ《エー》・ミルンが息子《むすこ》のクリストファー・ロビンのために書《か》いたものです。クリストファー・ロビンのぬいぐるみたちが動《うご》きだしおしゃべりし、大自然《だいしぜん》を舞台《ぶたい》にいろいろな事件《じけん》をひきおこします。なかでも、彼《かれ》の大《だい》のお気《き》に入《い》りは、ハチミツが大好《だいす》きなちょっとおばかなくまのぬいぐるみのプーさん。いえ、クリストファー・ロビンだけではなく、今《いま》は世界中《せかいじゅう》の人《ひと》たちに愛《あい》されている世界一有名《せかいいちゆうめい》なくまでしょう。

　じつはこの本《ほん》とはべつに、私《わたし》は以前《いぜん》プーさんの世界《せかい》をそのままに新《あたら》しいお話《はなし》をつくるという仕事《しごと》をひきうけたことがありました。うまくできるか、不安《ふあん》でした。物語《ものがたり》の世界《せかい》は、もちろんプーさんたちの住《す》む森《もり》。そこから出《で》てはいけないのです。新《あたら》しいキャラクターもだしてはいけません。それで、お話《はなし》をつくれるものだろうか？　こわごわはじめたお仕事《しごと》でしたが、プーさんのお話《はなし》をつくるのは、とてもうまくいきました。ちょっとおばかなプーさんは、私の物語《ものがたり》のなかでも楽《たの》しい事件《じけん》をひきおこしてくれたのです。そう、プーさんは、私《わたし》にとっても最強《さいきょう》のキャラクターだったのです。

　あなたのお部屋《へや》には、どんなぬいぐるみがいるのでしょう？　やっぱり、くまでしょうか？　私《わたし》の部屋《へや》には母《はは》が私《わたし》が子《こ》どものころにつくってくれたあみぐるみのくまと、くものパペットと羽《はね》をひろげたコウモリがいます。このぬいぐるみたちでお話《はなし》をつくってみましょうか？　あなたも、自《じ》分《ぶん》のぬいぐるみたちでお話《はなし》をつくってみたらどうでしょう。　きっと、楽《たの》しいと思《おも》います。

おしえてビリギャル先生《せんせい》!!

読《どく》書《しょ》感《かん》想《そう》文《ぶん》の書《か》きかた

坪《つぼ》田《た》信《のぶ》貴《たか》

1 ワクワク読《よ》みをしよう!

「読書感想文《どくしょかんそうぶん》を書《か》くために読《よ》む」とか「宿題《しゅくだい》だから」じゃなくて、まずは楽《たの》しく本《ほん》を読《よ》もう。今《いま》まで考《かんが》えたこともなかったようなふしぎな世界《せかい》がまってるよ。そして読《よ》む前《まえ》とくらべて、ずーっと世界《せかい》が広《ひろ》がって、頭《あたま》もよくなっているんだ。そんなすがたを想像《そうぞう》してワクワクしながら読《よ》もう。

2 おもしろかったこと決定戦《けっていせん》!

本《ほん》を読《よ》みおえたら、なにがおもしろかったか(印象《いんしょう》にのこったか)考《かんが》えてみよう。セリフでも、なんでもいいから、本《ほん》を見《み》ないで紙《かみ》に書《か》きだしてみて。おわったら、こんどは本《ほん》をめくりながら、「ああ、これもおもしろかった」というのをあらためて書《か》こう。「一番《いちばん》」おもしろかったこと決定戦《けっていせん》をするんだ。

3 作戦《さくせん》をたてる(下書《したが》きをする)!

感想文《かんそうぶん》は、4つの段落《だんらく》にわけて書《か》くとうまくいくよ。【第《だい》一段落《だんらく》】は、この本《ほん》を読《よ》むきっかけや、そのときの出来事《できごと》。【第《だい》二段落《だんらく》】は、あらすじ。【第《だい》三段落《だんらく》】は、2で決《き》めた一番《いちばん》おもしろかった(心《こころ》にのこった)こと。【第《だい》四段落《だんらく》】は、この本《ほん》を読《よ》んで、どんなことに気《き》づいたか、どんなことを学《まな》んだか、世界《せかい》がどう広《ひろ》がったか、自分《じぶん》がどうかわったか。

それぞれの段落《だんらく》に書《か》くことを、メモするようにかんたんに下書《したが》きしよう。

下書《したが》き

- この本《ほん》に出会《であ》ったきっかけは?

うちのぬいぐるみそっくりなクマがのっていたので、パパが買《か》ってきてくれた。

- この本《ほん》のあらすじは?

おばかで食《く》いしんぼうなプーさんが、たのしい事件《じけん》をいっぱいひきおこす話《はなし》。

- 一番心《いちばんこころ》にのこったところは?

おばかなだけだとおもってたプーさんが、大雨《おおあめ》でこまっていた子《こ》ブタちゃんをすくったところ。かんどう!

- この本《ほん》を読《よ》んで自分《じぶん》はどうかわった?

プーさんが人気者《にんきもの》なのは、おばかでもやさしいからじゃないかな。ぼくもやさしくなろうっと。

4 作家《さっか》になったつもりで書《か》いてみよう！

ここからが本番《ほんばん》だ。まずは「タイトル」決《ぎ》め。みんなが「お！」と思《おも》うようなオリジナルのタイトルをつけてみよう。そして、【一文目《ぶんめ》】がすごく大事《だいじ》。自分《じぶん》が作家《さっか》の先生《せんせい》になったつもりで命《いのち》がけで書《か》いてみよう。

おばかだって、命《いのち》をすくえる！『くまのプーさん』

二年《ねん》二組《くみ》　熊野《くまの》ロビン

ぼくの家《いえ》には、食《く》いしんぼうじゃないクマがいる。そいつはぬいぐるみで、名前《なまえ》はブーたん。だからパパが「ブーたんにそっくりなプーさんの本《ほん》買《か》ってきたぞ」っていったとき、ぼくはすっごくよろこんだ。

この物語《ものがたり》は、おばかで食《く》いしんぼうなクマのプーさんが、たのしい事件《じけん》をいっぱいひきおこす話《はなし》だ。

なかでも、ぼくが一番心《いちばんこころ》にのこったのは、大雨《おおあめ》でこまっていた子《こ》ブタちゃんを、プーさんがすくうところ。ぼく、ものすごくかんどうしちゃった。

それまでプーさんって、おばかでかわいいだけだとおもってたけど、ちがった。おばかでかわいくて、やさしいんだ。だから人気者《にんきもの》なんだね。ぼくも、プーさんみたいにやさしい人《ひと》になろうとおもう。

5 さいごに読《よ》みかえそう！

さいごに自分《じぶん》の書《か》いた文章《ぶんしょう》を読《よ》みかえしてみよう。その感想文《かんそうぶん》を読《よ》む人《ひと》の気持《きも》ちを考《かんが》えながら、読《よ》みかえして、より楽《たの》しく読《よ》んでもらえる表現《ひょうげん》はないか、まちがった言葉《ことば》はないかなどを考《かんが》えてみよう。

これで、もうあなたも感想文《かんそうぶん》マスターです。どんどん本《ほん》を読《よ》んで感想文《かんそうぶん》を書《か》いてみてくださいね。

さいごまで読《よ》んでくれて
ありがとう
またね〜

もっとくわしく知《し》りたい人《ひと》は…

「100年後《ねんご》も読《よ》まれる名作《めいさく》」のHP《ホームページ》で、ビリギャル先生《せんせい》が教《おし》える動画《どうが》が見《み》られるよ！↓
http://www.kadokawa.co.jp/pr/b2/100nen/

おうちの方へ

いま、100年後も読まれる名作を読むこと

坪田信貴（坪田塾・N塾代表）

映画にもなったビリギャル＝『学年ビリのギャルが１年で偏差値を40上げて慶應大学に現役合格した話』著者。自身の塾で1300人以上の生徒の偏差値を急激にのばしてきたカリスマ塾講師。

●「正解」のない人生。しかし一つ、「正解」があります

世の中に「つねに正解」というものはなかなかありません。しかし、本書をお子さんが手に取り、何度も読むとしたら、それはまちがいなく「正解」です。

ぼくは、１３００人以上の子どもたち一人ひとりを「子別」指導してきたこれまでの経験と理論から、この「100年後も読まれる名作」シリーズを監修しました。その上で、この本を強烈に推薦させていただきたいと思います。

●人生は、名作に出会うことで大きく変わる

そもそも人生は、〝だれと出会うか〟によって決まります。

そして、その「だれ」が、「〝良質なもの〟にたくさんふれてきた人」や「〝良質なもの〟を生み出したその本人」であれば、人生はよりよきものになります。

では、〝良質なもの〟とはなんでしょう？――それこそが、本シリーズが「この物語なら100年後も読まれているだろう」と厳選した名作です。

名作と呼ばれる物語は、人類にとって、普遍的に価値があるものです。

読書をすることで、そんな価値あるものを生み出した天才である作者の頭の中をのぞき、その作者と対話できるのです。

若くして名作に出会うことは、若くして歴史上の天才たちと語らうことなのです。

●名作に出会わせることが、子どもの底力を作る

国語の能力は、今後の受験勉強をふくめたすべての学習の基礎となります。

若くして名作の名文にふれることで、語彙がふえ、読む力が高まり、想像力がゆたかになり、数多くのすばらしい表現を学べます。

なによりすぐれているのは、それを「何度でも」、好きなときに学べることです。

古今東西で評価されてきた名作を好きになり、何度も読みかえすことは、とても自然なことで、それを通じて、「勉強を復習する習慣」も身につきます。

しかも本シリーズは、現代の子どもたちが好むイラストをふんだんに掲載し、お子さんが想像力や発想力を育むことを楽しく手助けしてくれます。そして、活字が苦手な子でも「読書が楽しく」なるよう、日本トップクラスの翻訳者・作家が、細心の配慮をもって執筆しています。

お子さんが、小学生のうちに「読みやすく、楽しい名作」で読書の虫になれば、きっとそのお子さんの人生は名作をなぞり、その人生が名作となります。

そして良書をあたえることができた親御さんや先生は、そのきっかけを生み出した作者となれるのです。

ぜひ本書で、お子さんたちに、歴史上の天才たちと対話をしていただければ、と考えます。

▶制作《せいさく》とちゅうのカバーです。発売時《はつばいじ》には変更《へんこう》されることがあります。

2018年
1月31日
発売予定

つぎに出《で》る名作《めいさく》は…

100年後《ねんご》も読《よ》まれる名作《めいさく》 7

赤毛《あかげ》のアン

作／L・M・モンゴメリ　編訳／宮下恵茉《みやしたえま》
絵／景《けい》　監修／坪田信貴《つぼたのぶたか》

働《はたら》き手《て》として、孤児院《こじいん》から少年《しょうねん》をひきとるつもりだったマリラとマシュー。でもやってきたのは赤毛《あかげ》の少女《しょうじょ》アンだった。マリラはアンを追《お》い返《かえ》そうとするけれど…。泣《な》いて笑《わら》ってキュンとする永遠《えいえん》の名作《めいさく》!

子ブタちゃん

大人気《だいにんき》の『赤毛《あかげ》のアン』が、ついにこの「100年名作《ねんめいさく》」シリーズに登場《とうじょう》だね!　きみのママもおばあちゃんもひいおばあちゃんも知《し》ってる名作《めいさく》だよ!　めちゃくちゃ泣《な》けるから、ぜったいに読《よ》んでね!

100年後《ねんご》も読《よ》まれる名作《めいさく》

発売中

①ふしぎの国《くに》のアリス

②かがみの国《くに》のアリス

③美女《びじょ》と野獣《やじゅう》

④怪人《かいじん》二十面相《めんそう》と少年探偵団《しょうねんたんていだん》

⑤ドリトル先生航海記《せんせいこうかいき》

⑥くまのプーさん

くわしくは公式《こうしき》ホームページで!　http://www.kadokawa.co.jp/pr/b2/100nen/

笑《わら》い猫《ねこ》の5分《ふん》間《かん》怪《かい》談《だん》

どの巻《かん》からでも読《よ》める

発売中

①幽《ゆう》霊《れい》からの宿《しゅく》題《だい》
②真《ま》夏《なつ》の怪《かい》談《だん》列《れっ》車《しゃ》
③ホラーな先《せん》生《せい》特《とく》集《しゅう》
④真《ま》冬《ふゆ》の失《しつ》恋《れん》怪《かい》談《だん》
⑤恐《きょう》怖《ふ》の化《ば》け猫《ねこ》遊《ゆう》園《えん》地《ち》
⑥死《し》者《しゃ》たちの深《しん》夜《や》TV《テレビ》
⑦呪《のろ》われた学《がっ》級《きゅう》裁《さい》判《ばん》
⑧悪《あく》夢《む》の化《ば》け猫《ねこ》寿《ず》司《し》
⑨時《とき》をかける怪《かい》談《だん》デート
⑩恋《こい》する地《じ》獄《ごく》めぐり
⑪失《しつ》恋《れん》小《しょう》説《せつ》家《か》と猫《ねこ》ゾンビ
⑫初《はつ》恋《こい》なまはげパーティー

責任編集／那須田 淳　絵／okama
B6変型判　①～⑫巻 各定価（本体600円＋税）

またたび台《だい》ニュータウンには、ふしぎなうわさがある。

クリスマスにファミレスに行《い》くと、なまはげ姿《すがた》の猫《ねこ》が、命《いのち》がけの合《ごう》コンをひらいているらしい。おまけにその猫《ねこ》、大《だい》の怪談《かいだん》オタクで、こわ～いゲームのあいまにこわ～い怪談《かいだん》を語《かた》るんだって！

さあ、「笑《わら》い猫《ねこ》」の、1話《わ》5分《ふん》で読《よ》める、たのしい怪談集《かいだんしゅう》のはじまりはじまり～。

ホームページで①～⑫巻《かん》の1話《わ》めが読《よ》める！ http://waraineko.jp/

全《ぜん》国《こく》の学《がっ》校《こう》で大《だい》人《にん》気《き》!!

学《がっ》校《こう》で話《わ》題《だい》です！（小《しょう》4女《じょ》子《し》）

全《ぜん》巻《かん》もってる。毎《まい》日《にち》「新《あたら》しいの出《で》ないかな」とワクワクしてる（小《しょう》4女《じょ》子《し》）

こわかったけど、なぜか最《さい》後《ご》はすっごく面《おも》白《しろ》かった！（小《しょう》2女《じょ》子《し》）

友《とも》だちに教《おし》えたら、その子《こ》のクラスで今《いま》ブレイクしてる（小《しょう》5女《じょ》子《し》）

1回《かい》読《よ》むと超《ちょう》はまる！ずっと笑《わら》い猫《ねこ》ファン♥（小《しょう》5女《じょ》子《し》）

家《か》族《ぞく》みんなで読《よ》めるのがいい（小《しょう》6男《だん》子《し》）

読《どく》書《しょ》ギライでも楽《たの》しく読《よ》めるので、サイコーです（小《しょう》4男《だん》子《し》）

100年後も読まれる名作 6

くまのプーさん

2017年11月30日　初版発行

作……A・A・ミルン
編訳……柏葉幸子
絵……patty
監修……坪田信貴

発行者……郡司 聡

発行……株式会社 KADOKAWA
〒102-8177　東京都千代田区富士見 2-13-3

プロデュース……アスキー・メディアワークス
〒102-8584　東京都千代田区富士見 1-8-19
電話 0570-064008（編集）
電話 03-3238-1854（営業）

印刷・製本……大日本印刷株式会社

本書の無断複製（コピー、スキャン、デジタル化等）並びに無断複製物の譲渡及び配信は、著作権法上での例外を除き禁じられています。また、本書を代行業者などの第三者に依頼して複製する行為は、たとえ個人や家庭内での利用であっても一切認められておりません。製造不良品はお取り替えいたします。購入された書店名を明記して、アスキー・メディアワークス　お問い合わせ窓口あてにお送りください。送料小社負担にてお取り替えいたします。但し、古書店で本書を購入されている場合はお取り替えできません。定価はカバーに表示してあります。なお、本書及び付属物に関して、記述・収録内容を超えるご質問にはお答えできませんので、ご了承ください。

© Sachiko Kashiwaba／© patty 2017　Printed in Japan
ISBN978-4-04-892931-8　C8097

小社ホームページ　http://www.kadokawa.co.jp/
アスキー・メディアワークスの単行本　http://amwbooks.asciimw.jp/
「100年後も読まれる名作」公式サイト　http://www.kadokawa.co.jp/pr/b2/100nen/

デザイン　みぞぐちまいこ（cob design）
編集　田島美絵子（第2編集部単行本編集部）
編集協力　工藤裕一　黒津正貴（第2編集部単行本編集部）

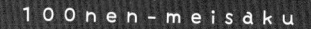

アンケートはがきをきって
編《へん》集《しゅう》部《ぶ》におおくりください。

ぬりえも
ぬってみてね♪

郵便はがき

102-8584

切手をはって
おくってね

東京都千代田区富士見1-8-19
アスキー・メディアワークス　第2編集部
100年後も読まれる名作
アンケート係

住所、氏名を正しく記入してください。
おうちの人に確認してもらってからだしてね♪

住所	〒□□□-□□□□　都道府県　区市郡
氏名	フリガナ
性別	男・女　年齢　才　学年　小学校・中学校（　）年
電話	（　）
メールアドレス	
今後、本作や新企画についてご意見をうかがうアンケートや、新作のご案内を、ご連絡さしあげてもよろしいですか？	（はい・いいえ）

※ご記入いただきました個人情報につきましては、弊社プライバシーポリシーにのっとって管理させていただきます。
詳しくは http://www.kadokawa.co.jp/ をご覧ください。

キリトリ

キリトリ

ぬりえ

あなたの声をきかせてくださぃ！

「くまのプーさん」をお買いもとめいただき、ありがとうございます。みなさんのご意見をこれからの参考にさせていただきたいと思いますので、下の質問におこたえください。

❶あなたは「100年後も読まれる名作」の何巻をもっていますか？
1．ふしぎの国のアリス　2．かがみの国のアリス　3．美女と野獣
4．怪人二十面相と少年探偵団　5．ドリトル先生航海記　6．くまのプーさん

❷この本をえらんだのは、どなたですか？
1．お子さんご本人　2．父　3．母　4．祖父母　5．その他（　　　　　　　）

❸この本をえらんだりゆうをおしえてください。（いくつでもOK）
1．あらすじがおもしろそう　2．表紙がよかったから　3．タイトルがよかったから
4．勉強（宿題）にやくだちそうで　5．さくさく読めそう　6．巻頭のマンガが気にいって
7．ポスターがついていたから　8．カラー絵だったから　9．さし絵がたくさんあるから
10．外国のお話が読みたかったから　11．名作が読みたかったから　12．学校の朝読用に
13．書評を読んで　14．値段がお手ごろだから　15．ビリギャル先生が監修してるから
16．この訳者のほかの本が好きで　17．大人にすすめられて　18．友だちにすすめられて
19．その他（　　　　　　　）

❹この本の感想についておしえてください。
1．内容は？（A．おもしろい　B．ふつう　C．おもしろくない）
2．レベルは？（A．やさしい　B．ちょうどいい　C．むずかしい）
3．お話の長さは？（A．長い　B．ちょうどいい　C．みじかい）
4．さし絵は？　お子さんの感想（A．すき　B．ふつう　C．あまりすきじゃない）
　　　　　　　おうちの方の感想（A．よい　B．ふつう　C．あまりよくない）

❺あたらしい巻やほかの巻も買ってみたいと思いますか？（　はい　・　いいえ　）

❻好きな本のシリーズやまんが、アニメ、ゲームがあればおしえてください。
（　　　　　　　）

❼「100年後も読まれる名作」をなにでしりましたか？
1．本屋さんでみて　2．本に入っているチラシで　3．インターネット
4．学校・公立図書館　5．雑誌をみて（雑誌名　　　　　　　）
6．その他（　　　　　　　）

❽この本をだれかにオススメしたいですか？（　はい　・　いいえ　）
「はい」とこたえたあなた、**この本のうわさをゼッタイひろめて！**

『100年後も読まれる名作』へのご意見やご感想を自由にかいてください。イラストでもいいですよ。

・この欄に書かれたメッセージを「100年後も読まれる名作」の本、HP、チラシ、宣伝物等で紹介してもいいですか？
□名前を出して掲載可　□ペンネーム（　　　　　　　）なら掲載可　□不可

※おうちの人に確認してもらってね♪

キリトリ

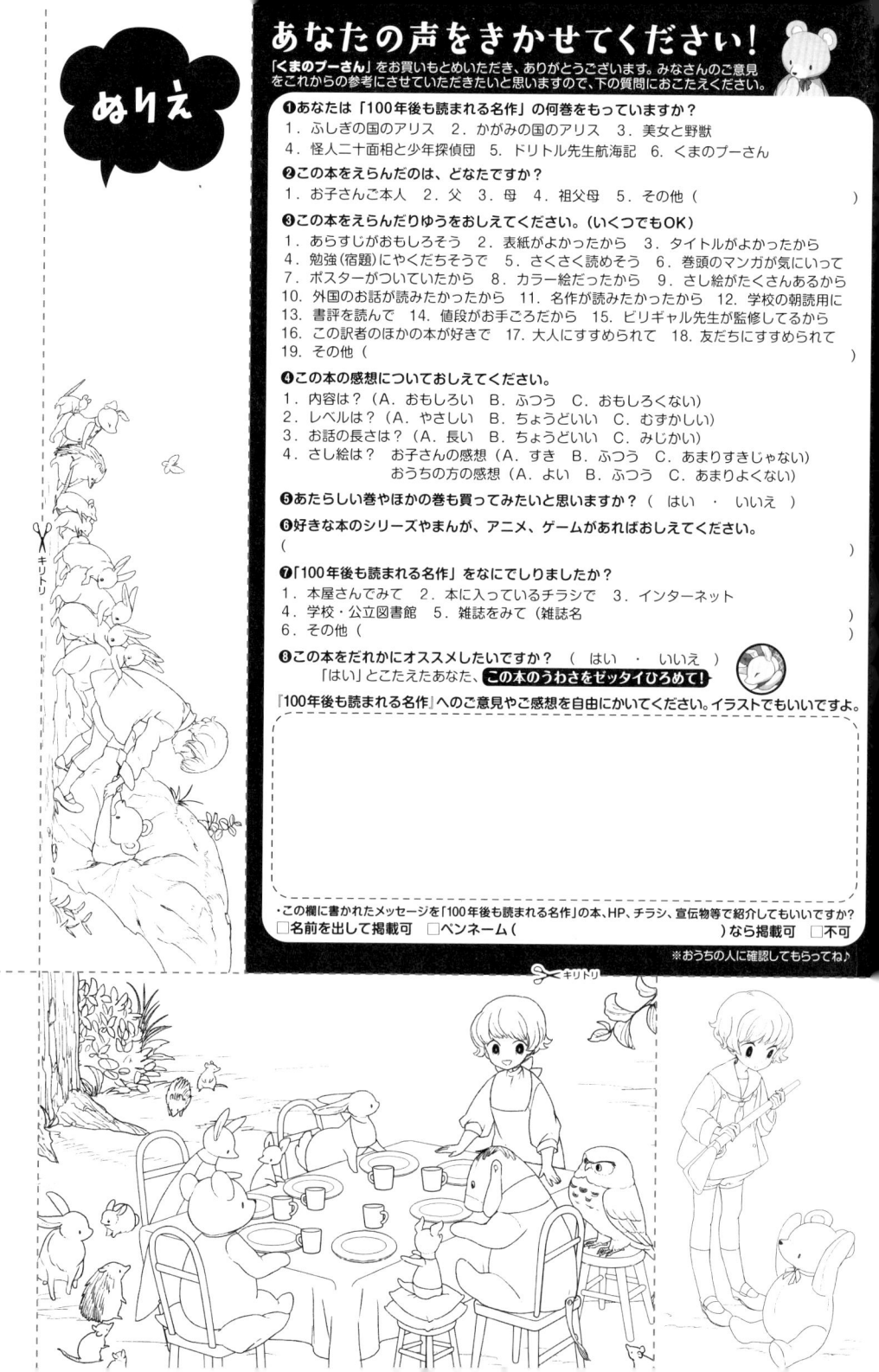